별의별 놀이터

별의별 놀이터

초판 1쇄 발행일 2014년 11월 11일
2쇄 발행일 2014년 12월 20일

지은이 최현선
펴낸이 양옥매
디자인 최원용
교 정 조준경

펴낸곳 도서출판 책과나무
출판등록 제2012-000376
주소 서울특별시 마포구 월드컵북로 44길 37 천지빌딩 3층
대표전화 02.372.1537 **팩스** 02.372.1538
이메일 booknamu2007@naver.com
홈페이지 www.booknamu.com
ISBN 979-11-85609-90-4(04810)
ISBN 979-11-85609-88-1(세트)

이 도서의 국립중앙도서관 출판시도서목록(CIP)은 서지정보유통지원 시스템
홈페이지(http://seoji.nl.go.kr)와 국가자료공동목록시스템
(http://www.nl.go.kr/kolisnet)에서 이용하실 수 있습니다.
(CIP제어번호 : CIP2014031436)

별의별 놀이터

별에서 온 삼남매와 지구 엄마가 펼치는
감성과 유머의 생활에세이

최현선 지음

책과나무

결혼을 준비하며 짐 정리를 하다가 내가 초등학교 때 쓴 일기장을 발견했다. 일기장을 통해 어린 시절의 나를 엿보며, 내가 아이를 낳으면 아이들의 마음을 잘 이해하는 엄마가 되어 보리라고 다짐했다. 나는 제법 자신이 있었고, 아이들을 맞이할 만반의 준비가 되어 있다고 생각했다. 그런 나에게 세 아이가 차례로 찾아왔다. 첫째는 딸아이 소미, 둘째와 셋째는 아들 윤호와 진호.

그런데 아이를 키우는 것이란 내가 생각했던 것보다 훨씬 어려웠다. 첫째 아이 소미를 낳은 후, 나는 그동안 내가 가진 많은 생각을 포맷해야 했다. 기존의 나의 생각으로는 도저히 아이를 감당할 수 없었기 때문이다.

소미는 어딘지는 모르지만 분명 지구는 아닌 다른 행성에서 온 것만 같았다. 그러한 소미를 이해하기 위해 나는 소미의 언어를 배우려는 노력을 열심히 했다. 아마도 그다음 태어날 아이들은 첫아이를 통해 배운 경험으로 훨씬 수월할 거라는 기대와 함께. 그런데 웬걸, 남자아이 둘은 더 이해하기 어려운 언어를 들고 나를 찾아왔다. 깐따라비아!

윤호와 진호는, 소미를 통해 배운 것만으로는 소통하기 어려웠고, 삼남매가 모이면 더 알 수 없는 조합의 언어로 나를 당황스럽게 했다. 나는 다시 제3 외계어를 배워 나가는 훈련을 해야 했다. 나는 나름 열심히 아이들을 관찰하면서 그들과 점점 속도를 맞추어 갔다. 그들과 함께하며 나의 사고도 어느새 사차원에 이르게 되자 그들과 원활한 소통이 가능해졌다.

어느 별에서 왔는지 각기 다른 별에서 온 것 같은 삼남매. 소미, 윤호, 진호. 그렇게 그들은 나와 하나의 태양계 소속이 되었다.

지구로 놀러온 삼남매에게 나는 놀이터가 되어주기로 결심했다. 때로는 재미와 웃음을 주는 미끄럼틀로, 때로는 편히 쉴 수 있는 벤치로 변신하여 아이들과 함께 하였다. 하늘을 날고 싶을 때는 그네를 타고, 마주보고 싶을 때는 시소를 탈 수 있는 아이들의 놀이터.
엄마 놀이터에서는 삼남매의 별의별 이야기가 다 펼쳐지고 있다.

별난 삼남매가 놀고 있는 별의별 놀이터를 여러분들에게 개방하려 한다.

어서 어서 '별의별 놀이터'에 놀러 오세요.

2014년 가을, 마음정원(心園) 최현선

CONTENTS

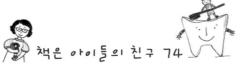

책은 아이들의 친구 74

- 자연스럽게 펼쳐지는 삼남매의 독후활동 이야기

위트와 유머로 풀어 가는 웃픈 이야기 134

- 지치고 힘들어도 육아 속에 숨어 있는 보람과 웃음 찾기

★ 형제는 기합 중 ★ 아빠의 승부욕 ★ 세계지도를 품은 배 ★ 소울 우유 실종 사건 ★ 대답 없는 나 (엄마, 전립선이 뭐예요?) ★ 사용연령이 높은 장난감 ★ 엄마는 소리꾼 ★ 오늘의 식사는

생활 속 학습마당 192

— 일상의 대화와 놀이에 숨어 있는 교과서 찾기

받아쓰기 빵점 사건 ★ 스토리텔링 맞춤법 공부 ★ 빵점의 유세 ★ 차 안에서 유익하게 시간 보내기 ★ 본질을 잃고 삼천포로 간 초성 게임 ★ 인도의 인도로 인도하시오 ★ 기우제 ★ 작용과 반작용 ★ 반짝반짝 별의별 생각 1 (관성의 법칙) ★ 반짝반짝 별의별 생각 2 (극와 극은 통한다) ★ 반짝반짝 별의별 생각 3 (빨래 속의 과학) ★ 풍선 배구 ★ 생활 속 구구단을 찾아라 ★ 땅따먹기 놀이 속의 수학 ★ 누워서 떡 먹기는 어렵다 ★ 속담의 과잉 응용 ★ 마찰력과 훼방꾼의 차이 ★ one money ★ 진호의 성은 '십' ★ 가족 신문 만들기

사랑 가득한 마음정원 252
— 아이들과 함께 만들어가는 사랑 가득한 시간

The Star brothers and sister

삼남매와

가족 소개

삼남매와 조력자

삼남매

소미

2003년생. 낙천적인 성격의 소유자.
종이접기, 그림그리기, 요리를 좋아하는 아이.
웃으면 눈이 반달 모양이 되어서 보는 사람도 같이
웃게 되는 웃음 아이콘.
커 가면서 엄마와 여자로서 대화할 수 있는 믿음직한 나의 큰딸.

윤호

봉수머리
= 오바마 머리

2006년생. 적극적인 성격의 소유자.
바둑과 축구, 퀴즈를 좋아하는 아이.
좋아하는 일을 할 땐 밥 먹으라고 하는 소리도 못 들을 만큼
몰두하지만, 한번 장난기가 발동하면 온 집안을 아수라장으로
만드는 멀티플 소년이다.
엄마가 세상에서 가장 예쁘다고 말하는 '엄마바보'인 나의 둘째.

진호

2008년생. 자상한 성격의 소유자.
바라보면 이유 없이 웃음 지어지는 천진난만한 아이.
온 세상을 동화나라라고 착각하며 살고 있다.
친구가 비를 맞는 것을 보면 하나밖에 없는 우산도 양보할 줄 아는 따뜻한
마음을 가졌지만, 누님과 형님에게는 생떼를 피우는 우리 집 막내둥이.

엄마 태양과 삼남매 행성

"얘들아, 엄마 이름의 끝자가 뭐지?"

"선이요!!!"

"그럼 '선(sun)'이 영어로는 무슨 뜻이지?"

"태양이요!!!"

"그래. 그래 맞아. 그럼 엄마는 곧 뭐다?"

"태양이요!!!"

"그렇지, 그렇지.
엄마는 태양이고,
너희는 내가 이끄는 태양계에 소속된 행성들이야. 알았지?

하지만 언젠가 너희들도 스스로 빛을 발하며

많은 행성들에게 빛과 따스함을 주는 태양 같은 별이 될 거야.

알겠느냐?"

"네!!! 태양님, 충성!!!"

And.

삼남매, 조직을 형성하다

윤호는 소미를 '누님'이라고 부른다.
말 배울 때 어른들이 장난으로 '누님'이라고 해보라고 했는데,
윤호는 그 이후로 지금까지도 소미를 꼭 '누님'이라고 부른다.
소미 이외의 나이 많은 여자 아이는 그냥 '누나'이다.
소미는 윤호에게 이 세상의 유일한 '누님'인 것이다.

소미와 윤호가 대화하는 것을 듣다가 '누님'이란 호칭이 나오면
지나가던 사람들도 웃고 간다.

그리고 윤호는 진호에게 말할 때 꼭 이렇게 말한다.
'형님이 해줄게. 형님한테 인사해 봐.'

그래서 진호도 윤호한테 대들고 따지면서도,
꼭 '형님'이라고 부른다.

소미, 윤호, 진호가 대화하는 소리만 들으면,
우리 집은 말 그대로 하나의 '조직'인 셈이다.

The Star brothers and sister

삼남매는
못 말려

짱구보다 엉뚱한
개구쟁이 삼남매

삼남매는 못 말려

"너희는 정말 못 말린다, 못 말려."

아이들의 천방지축, 엉뚱 발랄함에 두 손 두 발 다 들고 지쳐서 이렇게 말하는 나에게 진호가 하는 말.

"당연하죠! 저희는 빨래가 아니잖아요!"

산은 산인데 산이 아닌 곳

"진호야, 고모들이랑 군산으로 나들이 갈래?"

"아뇨, 저 어제도 배산에 올라갔다 와서 다리 아파요.
오늘은 산에 갈 힘이 없어요.
오늘은 좀 쉬고 싶어요."

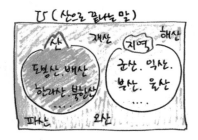

입에 쓴 약이 몸에 좋다

 아버님과 진호가 드라마를 보고 있었다.

할아버지, 저 아저씨 마시는 거 몸에 좋은 것이지요?

 꼭 그렇다고 말할 순 없는데……. 진호는 왜 그렇게 생각했니?

아저씨가 마시면서 쓰다고 하잖아요. 할아버지가 저 약 먹여주시면서 말씀하셨잖아요. 입에 쓴 약이 몸에 좋다고요.

 하하하, 맞구나. 오늘은 할아버지도 藥酒(약주) 한잔 할까나?

기분 전환

윤호와 진호가 함께 놀다가 의견 충돌이 있었나 보다.
진호가 씩씩대며 나에게 와서 갑자기 외할아버지한테 전화를 걸어 달라고 하는 것이다.

"진호야, 왜 이렇게 화가 났어?"

"엄마, 외할아버지한테 전화 좀 걸어 주세요."

"왜?"

"지금 제가 기분이 몹시 안 좋거든요.
'기분 전화' 좀 하려고요."

컥, 어디서 듣긴 들었나 보다.
기·분·전·환!
진호야 '기분 전화'가 아니고
'기분 전환'이야 ^^

우울할 때만 전화하지 말고
기쁜 소식도 전하세요.

봄에도 기다려지는 산타할아버지

윤호가 동물원에 봄소풍가는 날.

 "윤호야, 대전 동물원에는 북극곰도 있다나 봐."

 "정말요? 그럼 산타할아버지도 있나요?

썰매를 끄는 노루도 볼 수 있겠네요? 우와, 신난다."

어쩌지?

내가 산타 복장 입고 대전 동물원에

가서 서 있을 수도 없고……

 And

별이별 놀이터

춥지도 않고 좋네 뭐.
옷도 가볍고 ^^

개나리꽃 만발하지고~

봄에 선물주러 가는 건
처음해 보는 일이라······

낭비의 개념

진흐야, 선풍기를 계속 쐬면 머리 아프니까
선풍기를 회전으로 해놓고 그림을 그리렴.

안돼요, 엄마!

아이~
시원해

그건 전기 낭비잖아요.
굳이 장롱에게 바람을 쏘일 필요 없잖아요~   선풍기 회전의 딜레마.

앵무새 언어 능력시험

겨울의 끝자락, 봄이 오는 길목에서 찾은 금강하구둑 철새조망대.

곤충전시관 구경을 마치고 조류전시관을 관람하다가 우리는 그곳에서 한 시간 동안 머물러야 하는 사태가 발생했다.

진호가 앵무새를 보면서 말을 가르쳐 보겠다고 하였기 때문이다.

"앵무새야, 따라 해봐. '안녕하세요?' 라고 해봐."
"엄마, 앵무새가 가짜인가 봐요. 안 따라 해요."
"앵무새야, '안녕하세요' 라고 해보라고!"

소미는 앵무새가 말을 하는 순간을 동영상으로 담아야 한다면서 사진기를 들고 있었지만 그 순간은 끝내 오지 않았다. 앵무새는 이상한 소리만 내고 다른 새들도 각기 다른 소리로 울어댔다.

'앵무새야, 나 같으면 그냥 말하겠다. 고집 되게 세네. 아이고, 힘들어.'

한 시간쯤 지나자 진호도 지쳤는지 이렇게 말했다.

"엄마, 그만 가야겠어요. 앵무새가 말은 안 배우고 앙탈만 부리네요."

'앵─ 앵─'하고 울어대는 앵무새를 보며 말 가르치기를 포기한 진호.
앵무새 말 가르치는 일을 좀 더 빨리 포기했더라면 좋았을 것을……

너도 지쳤지만 엄마도 무척 지쳤거든!
앙탈을 부리고 싶은 건 엄마라고!

그니까, 왜 자꾸 말 시키고 그래.

앵벌이 하겠다고?

 엄마, 아이스크림 못 먹게 하시면
저 "앵버거" 할거에요.

 앵벌이???
너 그게 무슨 뜻인지 알고 그러는거야 ??

먹게 해 주시면 해피하는터인데~
앵버거는 해피의 반대말이잖아요.
오늘 유치원에서 배웠어요.

생각만 해도 행복해.

 혹시...
앵그리? 앵그리를 말하는거였어?

적당히 즐겨라. ang~ry
엄마 간 떨어지는 줄 알았어!

~ 휴~

만병통치약

세 녀석은 병원 놀이를 자주 한다.
보통, 역할은 정해져 있다.

윤호는 약 처방을 뛰어나게 잘해서 유능한 의사.
소미는 주사를 잘 놓기로 소문난 간호사이자 약사로, 1인 2역.
진호는 대사의 비중이 적은, 누워만 있으면 되는 역할이 주어진다.
진호는 진찰을 받으러 온 환자.

이렇게 셋은 병원놀이를 한다.
윤호는 진호에게 처방전을 주고, 소미는 약을 지어 준다.
아이들은 그렇게 저녁 내내 한참을 병원 놀이를 하다가 잠이 들었다.
나름대로 논 것을 치우기는 했으나 놀이의 흔적은 곳곳에 남아 있었다.
마무리는 엄마의 몫. 흑!

그렇게 아이들이 놀던 방을 치우다가 나는 아주 놀라운 처방전을 발견했다.

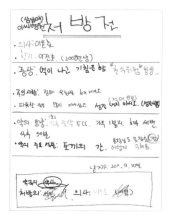

용왕님이 그토록 애타게 찾았던 토끼의 간을 약에 넣었으니 낫지 않는 병이 없겠다. 이렇게 만병통치약을 구한 삼남매가 내 자식이니, 나는 참 오래 살겠네!

나는 이 처방전을 보고 얼마나 웃었는지, 배가 다 아팠다. 청소하는 것을 잊고 신약개발 특허를 내야 하지 않나 생각할 정도로 나는 아이들의 처방전에 감탄했다는 말씀.

윤호는 유아기

윤호가 책상 앞에서 책을 읽는 모습이 기특하여,
남편이 윤호의 머리를 쓰다듬으며 말했다.

 "우리 청년, 책 읽는 모습이 멋지구나!"

 "아빠, 저는 청년기가 아니고, 유아기예요.
아빠는 성년기인 거고요. 할아버지는 노년기라고요."

 "네! 유아기 윤호님, 책 읽으셔요?"

그때 윤호가 읽던 책의 제목은 〈사춘기와 성〉.

유아와 어린이를 구별하는 척도

또래보다 이가 늦게 빠진 윤호.

친구들이 어린애라고 놀린다며

이가 빠지기만을 손꼽아 기다리던 윤호.

언제 이가 빠지느냐고 그렇게 성화를 피우더니,

드디어 아랫니 두 개를 뽑았다.

그러자 윤호는 무척이나 신이 나서 싱글벙글한다.

"윤호야, 이 뽑은 게 그렇게나 좋니?"

"그럼요, 저는 드디어 어린이 시절에 들어선 거예요.

이를 뽑지 않으면, 아직 유아기라고요."

유아기   어린이.   노년기
(이가 모두 있다)   (이가 일부 없다)   (이가 전부 없다)

드디어 어린이가 된 '앞니 빠진 윤호'.

세력 다툼

작은동생 집에 놀러 간 날.

아이들은 동생 집에 있는 커다란 장난감 자동차에 잡동사니를 싣고는 '장난감 할인 마트'라고 썼다. 종이로 돈을 수백만 원 만들더니, 어른들에게 장사를 시작했다.

나와 동생들은 밀린 이야기를 하느라 대화가 한참인데, 아이들이 자꾸 와서 장난감을 사라고 해서 대화의 맥이 끊기는 것이다. 그래서 내가 말했다.

"아무래도 저 장난감 할인 마트를 통째로 내가 사야겠군요."

그랬더니 아이들은 또 까득까득 웃는다.

어찌되었건 장난감 할인 마트는 내가 인수했고, 아이들은 더 이상 장난감 사라는 강요를 하지 않았다.

그런데 잠시 후, 조카 유빈이와 진호가 다투는 소리가 났다.

유빈이와 진호의 권리에 대한 다툼을 중계방송하겠습니다.
유 빈 : 여긴 우리 집이니까 내가 주인공이야. 내가 먼저 선택할
　　　권리가 있어!
진 호 : 누나네 아빠가 우리 엄마 동생이니까 내가 더 높아. 내가
　　　우선권이 있어!

우와, 요것들 봐라? 세력 다툼하고 있어. 아, 웃겨!

어른들의 중재도 필요 없이 금방 웃고 떠들고 까륵대며 노는 모습
에 어른들도 한바탕 웃는다.

홈 그라운드 vs 원정 경기

메리야스 입은 진호

진호가 자전거를 타러 나가겠다고
채비를 하고는 다녀오겠다고 인사를 한다.
그런데 티셔츠도 입지 않고
메리야스 바람으로 나가고 있는 게 아닌가?

"진호야, 옷을 입고 나가야지!"

"엄마, 괜찮아요."

"뭐가 괜찮아? 친구들이 속옷만 입고
나왔다고 놀리면 어쩌려고 그래?"

"메리야스를 나시*라고 우기면 돼요!"

메리야스 ⊏ 민소매

메리야스 입은 진호 vs 나시 입은 진호

*나시: 민소매 옷을 칭하는 말로 'nothing'에서 잘못 정착된 말.
그래도 '나시'라고 해야 느낌이 살기에 굳이 속어를 씁니다.
느낌 아니까.

쭈쭈에 불이 났어요

매운 떡볶이와 어묵국을 만들어 주니 삼남매가 정신없이 달려든다.

아직 그냥 먹기에는 뜨거울 텐데, 진호가 어묵국 한 숟가락을
식히지도 않고 그대로 꿀꺽 삼킨다. 그러더니 하는 말,

"엄마, 쭈쭈에서 불이 날 거 같아요."

나는 진호가 어묵국을 조금 흘려서
진호의 가슴에 국물이 닿았나 보다 생각했다.

"그러니까 조금씩 떠서 안 흘리게 조심해서 먹어야지."

"엄마, 어묵 국물이 지금 쭈쭈를 통과하고 있는 중인데요,
엄청 뜨거워요. 너무 뜨거워서 속이 탈 거 같아요.
이러다가 제 몸속에서 불이 나면 어떻게 하지요?"

걱정 마, 네 앞에 119가 대기 중이잖니?

안마기에는 뭐가 들어 있기에

아는 분이 아버님과 어머님 쓰시라고 의자로 된 안마기를 선물해 주셨다. 마땅히 자리도 없어 거실 소파 옆에 안마기를 놓아두었다. 아이들은 안마기가 무엇에 쓰는 물건인지는 모르고, 단지 신기한 마음에 안마기에 앉아 있곤 했다.

그러던 어느 날, 진호가 안마기에 앉아 있다가 스위치가 눌려서 안마기가 작동되었다. 안마기가 울룩불룩 오르락내리락 움직이자, 진호는 눈이 놀란 토끼처럼 휘둥그레져서는 이렇게 말한다.

"엄마, 이 의자 안에는 권투 선수가 들어 있나 봐요.
의자가 제 등을 '팍팍' 쳐요."

권투 선수 표 안마기

마법 천자문

유치원에서 한자를 배우더니 생활 속에서 아는 한자가 나오면 관심을 보이는 진호.

윤호와 〈마법 천자문〉이라는 만화를 즐겨 보며 진호는 한자어의 음과 뜻을 외친다.

"엄마, 오늘은 '월,화,수,목,금,토,일'을 한자로 배웠어요."

"엄마, '불 화'가 두 개면 '불꽃 염'이에요."

"엄마, '나무 목'이 두 개면 '수풀 림'이에요."

그렇게 열심히 한자의 음과 뜻을 외치더니, 진호가 뭔가를 발견한 듯 눈을 반짝이며 말한다.

별의별 놀이터

"엄마, 저는 한자로 '수염'을 만들 수 있어요."

"그래? 진호가 그렇게 어려운 한자도 알아? 어떻게?"

"자, 봐요. '물 수', '불꽃 염', 수! 염!"

"하하하하!"

물과 불로 만들어진 鬚髥(수염) And

대리로 승진하면?

"소미야, 큰외삼촌이 '대리'로 승진하셨대!"

나는 동생의 승진 소식을 듣고 기뻐서 옆에 있는 다섯 살 소미에게 전했다.
그랬더니 소미가 하는 말,

"엄마, 그러면 큰외삼촌은 이제부터 운전해요?"

"무슨 운전을 해?"
나는 소미가 왜 갑자기 운전 이야기를 하는지 영문을 몰라 물었다.
그랬더니 소미가 하는 말,

"대리가 되었으니까 '대리운전' 하시는 거 아닌가요?
차도 더 큰 거 타는 거죠?"

별의별 놀이터

"푸하하하!"

대리는 승용차, 과장은 밴, 부장은 대형버스를
운전해야 하는 건가? And

형님한테 깍듯이 해!

진호가 다섯 살이 되더니 의사표현도 정확해지고 자기주장도 강해졌다. 그러다 보니 윤호와 다툼이 잦아졌고, 급기야는 윤호한테 대들기도 했다.

진호가 윤호의 말을 거역하며 강하게 대항하는 것을 본 어머님께서는 안 되겠다 싶어 진호에게 한마디 하셨다.

"진호야, 너는 동생이야. 형님한테 그렇게 기어오르면 되겠어?"

"할머니도 참, 제가 어떻게 형님을 기어올라요? 저도 이젠 다섯 살이잖아요. 기어 다닐 나이는 지났다고요!"

"내참. 그 말이 아니고 녀석아, 형님을 형님으로 깍듯이 대접하라고!"

"깍두기를 대접하라고요?"

"에고 참내."

진호가 이렇게 말하니 대화의 진전이 어려워 보인 어머님은 그냥 웃으실 뿐.

조손간을 가로막고 있는 높은 언어 장벽

윤효등만?And

사고력이란?

소미가 묻는다.

 "엄마, 저는 뭘 잘해요?"

 "소미는 솜씨가 좋아서 만들기를 잘하지."

그러자 샘이 난 진호가 묻는다.

 "엄마, 저는요? 저는 어떤 능력이 뛰어나요?"

 "우리 진호는, 듣는 능력이 뛰어나.
소리를 잘 구별해 내잖아."

윤호가 가만히 있을 리 없다.

별의별 놀이터

"엄마, 저는요? 저는 어떤 능력이 뛰어나요?"

 "윤호는 사고력이 뛰어나지."

 "사고력이 뭐예요?"

사고력을 설명하려는 나의 말을 앞질러 진호가 자신 있게 말한다.

 "엄마, 사고를 치는 능력을 말하는 거죠?
형님과 나는 매일 사고만 치잖아요."

형제의 뛰어난 사고력

다섯 살의 평생

마음도 좋고 웃는 모습이 예뻐서 아이들이 '예쁜 아줌마'라고 부르는 옆집 아주머니가 나에게 전해 준 이야기이다.

옆집 아주머니가 어린이집 차를 기다리고 있는 다섯 살 소미에게 말을 건넸다.

"소미야, 어린이집 가니?"

"네, 예쁜 아줌마, 안녕하세요?
아줌마, 저 다음 주에 할머니랑 제주도 가요."

"작년에도 제주도 갔었는데, 또 가?"

"또 가다니요? 제 평생에 이번이 겨우 두 번째인걸요."

"소미야, 아줌마는 오십 평생에 두 번 갔단다."

다섯 살 아이 입에서 '평생'이라는 말이 나오니 웃기기도 하고 귀엽기도 했다면서 옆집 아주머니는 말씀하시는 내내 연신 웃으시며, 그 미소가 떠날 줄을 몰랐다.

평생의가중치
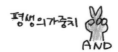
AND

장난감 돈

"엄마, 오늘은 제가 구운 계란 사 먹으려고 돈을 가져왔어요."

"돈이 어디서 났어?"

목욕탕에서 진호가 내민 손에는 플라스틱으로 만들어진 장난감
돈이 놓여 있었다.

"진호야, 이 돈으로는 계란을 살 수 없어."

"그렇지 않아요. 누님이랑 형님이 이걸로 계란을 하나 살 수 있
다고 했어요."

장난감 돈에 대해 한참을 설명했는데도 네 살배기 진호는 이해를
못하고 있었다. 진호는 내가 계란을 못 사 먹게 하려는 것이라고만

별의별 놀이터

생각하는 눈치였다. 그도 그럴 것이, 진호는 소미랑 윤호랑 가게 놀이를 하며 장난감 돈으로 안 사 본 게 없으니 말이다.

목욕을 마치고 나오는 길에 매점을 지나치는데, 진호가 매점 아주 머니에게 말한다.

"아줌마, 계란 하나만 주세요."

아주머니가 주시는 계란을 한 손으로 건네받으며 진호는 다른 한 손에 쥐고 있던 장난감 동전을 아주머니에게 주었다. 그것도 아주 당당히!

아주머니는 진호가 손에 쥐어 준 장난감 동전을 이리저리 돌려서 보더니, 웃으시며 나에게 윙크를 하신다.

'가짜 돈을 내면 어쩌니?'라고 말할 법도 한데, 계란 값을 아무렇지도 않게 장난감 돈으로 지불하고 있는 꼬마 손님에게 잘 가라고 인사하는 매점 아주머니. 아주머니는 오히려 나에게 모른 척 넘어가라고 잘 가라는 손짓을 하신다.

아주머니, 감사합니다.
아이가 내민 동전은 가짜였지만, 아이의 동심을 지켜 주려던 매점 아주머니의 마음은 진짜네요.

별이별 놀이터

티셔츠 모자

"얘들아, 샤워하게 옷 벗고 어서 들어와."

아이들은 티셔츠를 벗다 말고 머리에 매달아 이리 흔들고 저리 흔들더니, 욕실로 들어와서는 뭐가 그렇게 재미있는지 한바탕 자지러지게 웃는다.

"엄마, 저희는 산타 어린이에요."
"엄마, 이건 티셔츠 모자에요."
"엄마, 저희는 농악대랍니다."

"엄마, 이렇게 하고 샤워하면 안 되나요?"

욕실은 농구장

"윤호야, 빨아야 하는 양말은 주워서
빨래 바구니에 넣고 와라."

"네!"

대답을 하고 욕실로 간지가 한참인데도
윤호가 나오지 않아 무슨 일인가 싶어 욕실을
들여다보니, 윤호는 양말을 돌돌 말아
빨래 바구니에 슛을 하고 있었다.
농구에서 자유투하는 폼을
흉내 내면서 던지고 또 던지고.

basket socks

남녀 공용이야

소미가 입다가 작아진 옷을 물려주면 아무 말 없이 잘 입던
윤호가 일곱 살이 되면서 여러 가지 트집을 들어
소미 옷을 안 입겠다고 한다. 오늘도 소미가 입던 티셔츠를
입히려고 하니, 여자 옷이라며 안 입겠다고 한다.

> "엄마, 저는 이 옷 안 입을래요.
> 분홍색은 여자가 입는 옷이잖아요."

티셔츠에 분홍색이 약간 들어가긴 했지만, 여자아이 옷이라는 생
각이 드는 것도 아닌데 윤호가 안 입겠다고 고집을 피운다.

나는 윤호를 설득시키려고 열심히 설명을 했다.

"윤호야, 남자들이라고 분홍색 옷을 안 입는 건 아니야.
그리고 이 옷은 남녀 공용이야. 윤호가 입어도 괜찮아."

그러자 윤호가 더 강하게 거부를 하며 말한다.

"네? 저 보러 공룡을 입으라고 하시는 거예요?"

에공…… 그 '공용'이 그 '공룡'이 아니란다. 그냥 입으라고!
남녀 공용 티셔츠.

생일이 2월 29일이면?

2012년 2월 29일.

나는 아이들과 함께 달력을 보며 4년마다 한 번씩 있는 2월 29일에 대해 설명을 해주었다.

그러자, 가만히 설명을 듣고 있던 소미가 묻는다.

"엄마, 그러면 2월 29일에 태어난 친구는 생일이 4년에 한 번만 있는 거예요?

"그런 셈이지."

진호가 "그런 친구는 정말 속상하겠네요." 라고 말을 한다.

그러자 한참을 뭔가 생각하던 윤호가 묻는다.

"엄마, 그러면 그 친구는 한 살 더 먹으려면 4년이 지나야 하는 거예요?"

앗, 그게 또 그렇게도 해석될 줄이야.
맞긴 맞네.

근데 나도 정말 궁금하다. 생일이 2월 29일이신 분은 윤년이 아닐 때는 2월 28일에 생일 파티를 하시나요? 아니면 3월 1일에 하시나요? 그게 무척 궁금하네? 큭.

2月29日 生초
특·수·제·작

Happy Birthday

4년마다 돌아오는 생일. AND

관계자 외 출입금지

아이들 방을 들어가려다 보면, 엄청난 공고문에 멈춰 서게 되는
경우가 많다.
도대체 이런 건 어디서 다 보았는지…….

관계자 외 출입금지
- 소미 백 -

아르바이트를
구합니다.
- 은행장 이소미 -

지금은 공사 중입니다.
1시간 동안 출입금지.

별의별 놀이터

어쩔 때 보면, '대출상담 환영!'이라고 적혀 있기도 하다.

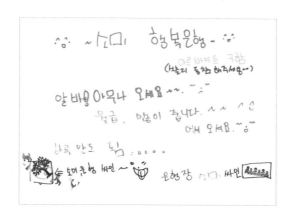

이 집에서 관계자 아닌 사람 누구요?

너희들은 내가 낳았으니 나는 관계자야!

덩크슛

별리별 놀이터

The Star brothers and sister

책은

아이들의 친구

자연스럽게 펼쳐지는
삼남매의 독후활동 이야기

사자를 구한 생쥐

진호에게 〈사자를 구한 생쥐〉라는 이솝 우화를 읽어 주고 있었다.

사자는 생쥐의 목숨을 구해 주었고 생쥐는 그 은혜를 꼭 갚겠다고 한다. 사자는 작은 생쥐가 사자를 도울 일이 있을 거라는 생각이 들지 않아 콧방귀를 낀다. 그런데 어느 날, 생쥐는 그물에 걸려 위기에 처한 사자를 보게 된다. 생쥐는 그물을 이빨로 갉아 사자를 구했다.

이 우화를 한참 듣던 진호가 뭔가 발견한 듯 말한다.

"엄마, 이 이야기에서 사자가 방심해서 그물에 걸렸지요? 이것처럼 방심해서 그물에 걸리는 걸 다섯 글자로 하면 뭔지 아세요?"

"글쎄……."

"정답은 10초 후에 공개할게요."

"푸항! 그냥 말해 줘."

"정답은, '방심은 그물'입니다."

큭! 진호야, '그물'이 아니고 '금물'이란다.

우리는 '1권'에 등장했던 바로
그 '사자와 쥐'랍니다.
거봐, 내가 조심하랬지?

방심은 그물. And

소미의 독서 자리매김

소미가 세 살 때였다.

내가 경기도로 발령을 받아 부득이 소미를 익산에 남겨 두고, 주말에만 만나야 했던 시절이 있었다. 소미는 엄마가 보고 싶었을 텐데, 내 앞에서 울기는커녕 떼를 피운 적이 한 번도 없다.

그런데 어느 날, 사무실에 있는데 어머님이 전화를 하셨다. 너무나도 속이 상해서 더 이상은 못 보겠다며 소미와 통화라도 해주라 하셨다. 소미가 창문에 얼굴을 내밀고 혼자 엄마를 불러 보고 있더라는 것이다.

'엄마~~!'

그 말을 듣는데, 어찌나 마음이 아픈지 또 전화를 끊고 얼마나 울었는지 모른다.

나는 원거리에서 하는 직장 생활로 인해 소미와 함께하는 시간이 많지 않았다. 겨우 토요일, 일요일 이틀간의 주말을 보낸 후, 아쉬운 마음을 안고 월요일 새벽 기차를 타고 출근을 해야 했다.

내가 없는 주중에 소미는 혼자 가위질을 하며 놀았다. 주말에 와 보면, 책상 서랍이 소미가 가위질한 종잇조각으로 하나 가득 채워져 있었다. 소미는 가위질 하는 것이 재미있다며 자랑을 하였지만, 내가 소미를 걱정할까 봐 일부러 괜찮은 척하는 거 같아 속이 짠했다.

1년 남짓 타지 생활을 마친 나는 익산으로 발령을 받아 가족들 가까이에서 근무를 할 수 있게 되었다. 나는 되도록이면 소미와 많은 시간을 보내려고 신경을 썼다. 그간에 소미에게 해주고 싶었던 일들을 챙겨 가며 해주려 했다. 소미에게 책도 읽어 주었다. 그런데 소미는 책에는 관심이 없고, 여전히 가위질만 했다. 내가 아무리 재미있게 읽어 주어도, 잠시 옆에 앉아 듣는 듯하다가 다시 가위질을 하며 나에게서 멀찌감치 떨어져 앉았다.

나는 소미의 그런 행동을 보고 처음에는 많이 당황스럽고 속도 많이 상했다. 소미에게 미안한 마음이 들기도 했고, 한편으론 이상 발달은 아닌지 걱정이 되기도 했다. 참 답답했다.

그래도 나는 그런 소미의 행동을 바꾸려고 다그치거나 혼내지 않았다. 조급한 마음을 갖지 않으려고 노력했다. 그래서 가위질을 그만 하라든지, 옆에 와서 들어보라든지 강요 섞인 이야기도 하지 않았다. '어떻게 해야 소미에게 책의 재미를 알려 줄 수 있을까?' 고민을 하다가 나는 소미가 노는 옆에서 혼자서라도 책을 소리 내어 읽어 보기로 했다. 동화책 두세 권씩을 낭독하여 읽은 후에는 그 책을 책꽂이에 꽂지 않았다. 그다음 날 다른 책을 읽을 때까지 그 책은 그냥 소미가 노는 방의 바닥에 놓아두었다.

나는 단지, 살아가면서 책이 얼마나 재미있는 친구가 될 수 있는지를 소미에게 알려 주고 싶은 마음이었다. 소미와 함께해주지 못한 시간들에 대한 미안한 마음과 소미가 책과 친해지면 좋겠다는 간절함을 담아, 매일매일 그렇게 나는 혼자 소리 내어 책을 읽었다. 그 과정이 참 쉽지는 않았다. 소미는 책 읽는 소리에 조금도 관심을 보이는 것 같지 않아 보였고, 여전히 가위질만 하고 있는 모습을 보고 있노라면 지치기도 했다. 그래도 나는 매일 소미가 노는 옆에서 동화 구연하듯이 즐겁게 책을 읽었다.

그렇게 소미는 가위질을 하고 나는 책을 낭독하는 모습의 저녁을 보낸 지 딱 1년이 되는 날, 신기하게도 소미는 하던 가위질을 멈추고 내 옆에 앉았다. 처음 있는 일이라 나는 잠시 어리둥절했다. 그러더니 한 번만 더 읽어 달라는 요청까지 하는 것이다. 그 순간의 뭉클함이란……. 다시 읽어 달라는 소미의 말에 의연한 척 책을 다시 펼쳐 들었지만 내 마음은, 뭐라고 표현해야 할까. 깜깜한 동굴을 드디어 빠져나와 빛을 보고 신선한 숲 속의 공기를 마시는 느낌이랄까. 나는 아무렇지도 않은 듯이 대답하고는 책을 읽어 내려갔지만, 가슴으로는 기쁨의 눈물을 흘렸다.

그때 소미가 다시 읽어 달라고 한 책을 나는 지금도 기억한다. 〈꼴찌 초록이〉라는 책이다. 이 책은 장애를 가진 친구를 이해하게 된다는 가슴 따뜻한 이야기를 담은 책이다. 소미는 내가 읽어 주는 이 책을 다 듣고 나더니, 이렇게 말했다.

"엄마, 초록이가 꼴지만 해서 마음이 아팠어요. 제가 초록이의 친구가 되어 주고 싶어요."

'아, 소미는 따뜻한 마음을 가진 아이로구나.'
나는 그 사실에 무척이나 감격했고 감사했다. 소미는 감동적이라 면서 일주일 동안 〈꼴찌 초록이〉만 읽어 달라고 했다. 그러더니 간간이 혼자 그림책을 넘겨보는 시간이 생기기도 했다.

나는 소미가 좋아하는 분야의 책을 유심히 살펴서, 비슷한 유형의 책을 소미 주변에 놓아두었다. 다행히 소미는 옆에 있는 책에 관심 을 보였다. 그렇게 소미는 가위를 놓고 책을 들고 있는 시간이 늘 게 되었다. 소미는 책을 보는 즐거움으로 하루하루를 채워 갔다.

어느 날은 "아, 재미있다. 아, 재미있다." 라면서 책을 보고 있는 것이다. 무슨 책인가 봤더니 〈색깔을 훔친 마녀〉라는 책이었다. 소미는 그림 그리기를 좋아했기 때문에 색깔을 소재로 한 책을 즐겨읽었다. 언젠가 소미는 가위질을 하고 있을 때 내가 혼자 읽었던 책이기도 한데, 소미가 그걸 기억하지는 못하나 보다 생각하며 물었다.

"소미야, 이 책이 재밌어?"

"네. 엄마가 이 책처럼 알록달록한 옷을 입고 이 책을 읽고 계시던 기억이 나요. 만약 그 마녀가 우리 집에 와서 색깔을 다 훔치면 어떡하나 걱정되었어요."

아! 나는 또 한 번 놀랐다. 소미는 가위질 하면서 내가 책 읽는 소리를 다 듣고, 보고, 느끼기까지 했었다는 사실에 말이다.

소미는 지금도 가위와 종이를 갖고 노는 것을 무척이나 좋아하지만, 마음에 드는 책은 걸어 다니면서 읽을 정도로 책과도 친해졌다.

소미가 가위를 내려놓고 내 옆으로 온 그날의 감격은 생각할 때마다 나를 뭉클하게 한다. 나는 이 날을 통해 크게 배운 게 있다. 기다려 주어야 하는 아이가 있다는 것. 기다려 주면, 조금씩 따라와 어느새 나와 손잡고 갈 때가 온다는 것을 말이다.

아이들의 독서 지도를 어떻게 해야 하는지 고민하며 묻는 후배엄마들에게 나는 이 날의 감격스러움을 전달하곤 한다. 조급한 마음을 버리고 아이를 기다려 주면, 아이는 반응을 보이게 되어 있다는 말과 함께.

　별 ㅅ l 별 놀 ㅇ l 터

소미의 두려움

〈숲 속에서〉라는 책을 소미와 읽고 있는데 '두려움'이라는 단어가 나왔다. 소미가 뜻을 묻기에 '두려움'에 대해 이야기하는 시간을 갖게 되었다.

"엄마, 두려움이 무슨 뜻이에요?"

"음……. 낯설고, 무섭고, 걱정되는 거."

"엄마, 그러면 저 학교가 두려워요."

"소미야, 그랬구나. 소미는 학교가 두렵구나. 엄마가 몰랐네. 우리 소미가 두려움에서 빨리 나오길 바란다. 동화 속 주인공이 두려움을 극복했듯이 말이야."

'초등학교 1학년이 된 소미가 학교라는 새로운 사회 환경에 적응하느라 애쓰고 있구나.'

엄마가 너의 두려운 마음을 이제야 알게 되어서 미안하다. 네가 두려움을 슬기롭게 극복할 수 있도록 엄마가 도와줄게.

책을 읽으며 알게 된 아이의 속마음.

칭찬은 두려움을 날리고

"엄마, 오늘 학교에서

선생님이 저 칭찬해 주셨어요."

"우와, 그랬어? 소미 좋았겠네?"

"엄마, 이젠 저 학교가 두렵지 않아요.

학교는 신나는 곳이에요."

녀석, 학교생활에 적응하는 것이 많이 힘들었었구나.

두려움의 숲에서 빨리 나온 걸 축하해!

휴~ 다행이다.

엄마는 네가 숲에서

오랫동안 헤맬까 봐 걱정했단다.

학교라는 '숲'에서 말이야.

칭찬은 고래를 춤추게도 하고

두려움도 날려 보내는구나~ And

여행 1 (동화나라로의 여행)

도서관에서 빌려온 책에 딸린 동화 CD가 있어 아이들에게 틀어
주었다. 성우는 이야기의 시작을 알리는 말을 이렇게 했다.

"자, 친구들! 이제 동화의 나라로 여행을 떠나 볼까요?"

이 말을 듣자 진호가 물었다.

"엄마, 왜 저 아줌마는 여행을 떠나자고 해요?"

네 살 녀석에게 이걸 어떻게 설명해야 하나 잠시 생각하다가 이렇
게 답을 해주었다.

"진호야, 눈을 감아 봐. 눈을 감으면 오디오에서 들려주는 동화
의 세계가 너의 마음에 펼쳐지게 돼. 그러면 너는 어느새 그 세계

속에 빠져 들어가게 된단다. 그러면 너는 마음으로 여행을 하게 되는 거란다."

이 말을 듣자마자 진호는 과일을 앞에 두고 눈을 꼭 감고 한참을 있는 것이다.

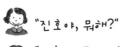
"진호야, 뭐해?"
"저는 지금 과일 여행 중이에요."

먹는 것에는 응용력 발휘 최고!

소리로 보는 책

요즘은 동화책에 CD가 함께 있는 경우가 많다.
하지만 나는 엄마의 목소리로 읽어 주고, 엄마의 체온을 느낄 수
있게 읽어 주는 것이 가장 좋다고 생각되어, 되도록이면 아이들에
게 직접 책을 읽어 준다.

하지만 가끔은 CD를 활용한다. CD를 적절히 활용하면, 더 좋은
효과를 기대할 수도 있기 때문이다.
내가 아이들과 CD를 이용해 놀았던 몇 가지를 소개한다.

하나, 책을 보기 전에 CD를 먼저 들려주고 다 들은 후 기억에 남
는 내용을 그림으로 그려 보게 한다. 그림을 다 완성한 다음, 자신
이 그린 그림을 설명해 보고 다른 사람이 그린 그림들을 보면서 자
신의 그림과 비교도 해본다. 그런 다음, 종이 책을 읽어 본다.

이렇게 되면 자신이 CD를 들으며 느낀 점과 책에 표현된 그림들이 어떻게 다른지를 찾으면서 읽을 수 있어, 아이들은 책을 재미있으면서도 깊게 이해하며 읽게 된다. 아이들은 이 과정을 무척 재미있어 한다. 이렇게 하면 책에 대한 이해도도 높아지고, CD를 듣는 동안 집중력도 키워진다. 또한 들은 내용을 그림으로 그리면서 표현력도 길러진다.

둘, 음악 동화 CD의 음악을 들려주면서 어떤 악기 소리가 나는지 찾아본다. 아이가 음악에 귀 기울이면서 여러 가지 악기의 소리를 분리하거나 또는 종합해서 들을 수 있는 능력을 키울 수 있게 된다.

셋, 하나의 음악을 듣고 그 음악을 들으면서 느낀 느낌 그대로를 그림으로 그려 보게 하는 것이다. 또는 이 음악은 무슨 색으로 표현하면 좋을 것 같은지, 어떤 상황을 표현한 음악인지를 생각하면서 음악을 그림으로 표현해 본다.

넷, 음악에 맞는 동시를 지어 본다. 음악 감상 후 서로의 생각들을 이야기하고, 음악 감상하며 받은 느낌을 담아 동시를 지어 보며 발표해 보기도 한다. 이러한 과정을 통해 '미술'과 '음악'과 '시'라는 예술적 표현 도구가 어떻게 연결되는지가 아이들의 가슴에 자연스럽게 스며들게 된다.

오감을 이용한 책읽기.

주인공에게 편지 쓰기

소미와 함께 〈구룬파 유치원〉이라는 동화를 읽었다. 이 책의 주인
공인 '구룬파'라는 코끼리가 어떤 물건이든 크게만 만들다 보니 팔
리지 않아, 구두 · 접시 · 자동차 공장에서 계속하여 쫓겨나게 된
다. 어디에서도 환영받지 못하여 풀이 죽어 있던 구룬파가 잘할
수 있는 일을 찾게 된다. 그것은 바로 아이들을 돌보는 일. 구룬
파가 만든 커다란 구두는 아이들의 놀이터가 되고, 커다란 접시는
수영장이 되고, 커다란 자동차는 어린이를 모두 태울 수 있어서,
아이들은 구룬파 유치원에서 행복해한다. 결국 구룬파는 아이들
을 잘 돌보는 인기 코끼리가 되었다는 이야기다.

이 책을 다 읽은 소미가 구룬파가 행복해하는 모습을 보니 정말
다행이라면서 구룬파에게 응원의 편지를 쓰고 싶다고 했다. 그리
고는 아주 짧게 이렇게 편지를 썼다.

별□별 놀이터

"구룬파야, 유치원 선생님이 된 것을 축하해. 네가 행복해 보여서 나는 기뻤어."

그 종이를 접어 봉투에 넣더니, 나더러 구룬파에게 부쳐 달라는 것이다.
나는 왠지 구룬파는 편지를 받을 수 없다고 말하면 소미가 실망할 것 같아서 그러겠노라 편지를 받아 들고 봉투에 주소를 이렇게 썼다.

'받는 이 주소: 일본 도쿄시 230번지 미나미 빌딩 2층'

웬 미나미 빌딩? 크큭. 암튼 뭔가 일본의 실제 주소 같지 않나? 일본에 보낼 주소를 한글로 썼다는 아이러니가 있지만.

그렇게 며칠이 흘렀는데, 소미가 구룬파가 편지를 잘 받았는지 모르겠다며 답장을 기다리는 것이다.

흑, 어쩌나. 이왕 시작한 거 완전히 마무리를 해야 하지 않나? 봉투에 우체국을 거쳐 온 흔적이 담긴 봉투여야 완벽한 연출이 되겠지? 나는 민원인에게 보내었으나 반송된 편지 봉투 하나를 사무실에서 가져와 답장을 적어서 넣고는 소미에게 가져다주었다.

지금 보면 참 유치한 답장인데, 소미는 답장을 받고 기뻐하며 자신의 보물함에 넣어 소중히 보관했다. 소미는 아직도 그게 진짜 일본에서 온 편지인 줄 안다. 어쩌나, 책이 나오면 소미도 알게 될 텐데. 이 페이지는 살짝 숨겨 둬야지. 여러분도 쉿!

소미 어린이 안녕?

나는 〈구룬파 유치원〉을 쓴 나시우치 미나미 선생님이란다. 나는 일본에서 살고 있어. 대한민국 옆에 있는 섬나라야. 소미도 알지?
소미의 편지를 잘 받았단다.
소미가 읽을 수 있게 한국어로 답장을 쓰느라 시간이 좀 오래 걸렸단다.

구룬파는 구두 집에서, 접시 만드는 곳에서, 자동차 만드는 곳에서 쫓겨나고 실망했었단다. 그러나 구룬파가 잘할 수 있는 아이들 돌보기를 하면서 행복한 구룬파가 되었지? 소미도 어른들 말씀 잘 듣고 동화책도 많이 읽어서 소미가 잘할 수 있는 일을 찾길 바란다.

많은 나라의 아이들이 편지를 보내와서, 오늘도 100통의 편지를 읽었단다. 편지를 보니 참으로 행복하구나. 소미의 편지, 정말 고맙다.

그럼 건강하게 잘 지내거라. 사요나라(일본에서 작별할 때 하는 말이란다)!

2009년 10월 20일
일본에서 미나미 선생님이

책날개의 날개를 펴라

내가 아이들에게 책을 읽어 주는 요령이 부족했을 때는, 책을 양적으로 많이 읽어 주는 데에만 급급해서 책의 본문 내용만을 후다닥 읽어 주던 때가 있었다.

어느 날, 아이의 동화책을 찬찬히 바라보고 있자니, 책 표지의 겉과 안에도 참 많은 이야기가 숨어 있다는 것을 발견하게 되었다. 책은 본문에서뿐 아니라 곳곳에서 메시지를 전달하고 있음을 알았다. 그동안 본문 내용만 읽느라 참으로 많은 이야기를 놓쳤구나. 그래서 그날 이후에는 책 한 권을 읽더라도 제대로, 충분히 읽어 보기로 했다. 아이들과 책 표지를 찬찬히 보며 그림이 전해 주는 이야기가 무엇인지 깊이 생각하는 시간을 가졌다. 책의 표지 그림과 제목을 보며 이 책의 내용이 무엇일지 추측하여 얘기해 보기도 했다.

작가의 이름과 작가 소개를 읽어 보기도 했다. 책날개에 쓰인 발행일은 언제이고, 초판은 언제 찍었는지를 보기도 했다. 신기하게도 이렇게 책의 세부적인 내용에 관심을 가지면서 책을 읽다 보니, 책에 대한 아이들의 호기심도 점점 더 커졌다.

나라마다 다른 언어의 구조에 대해서 은연중에 알게 되었고, 글씨뿐 아니라 그림을 보는 눈도 키우게 되었다. 그렇게 책을 읽으면서 발견한 또 하나의 재미있는 점은 동화책을 만든 사람의 이름을 보면 그 사람이 어느 나라 사람인지를 알아맞히게 되었다는 점이다.

"이 책은 '나시우치 미나미'라는 분이 쓰셨네."

"엄마, 그분 일본 사람이지요?"

"이 책은 '들느와'라는 분이 쓰셨네."

"엄마, 그분은 혹시 프랑스?"

"어, 맞아."

가끔 길고 특이한 이름이 나오거나 우리말로는 이상하게 들리는 작가 이름을 보면, 아이들은 '이 작가는 외계인인가 봐' 하면서 한바탕 웃어대기도 했다. 그렇게 아이들은 책의 모든 부분을 재미있게 접하게 되었다.

책의 요소요소를 차근차근 읽게 된 후, 아이들이 책과 더욱 친숙해지는 것을 보면서 나는 다시 한 번 큰 배움을 얻었다. 책을 많이 읽는 것이 중요한 게 아니라, 어떻게 얼마나 깊게 읽느냐가 중요하다는 것을. 그리고 책을 매개로 아이가 엄마의 체온을 느끼며 함께하는 그 시간 자체가 소중하다는 것을.

별□별 놀이터

그림을 읽을 줄 아는 눈

윤호는 한글을 빨리 깨친 편인데, 진호는 일곱 살이 다 되도록 이름 석 자만 쓸 줄 알았다. 그것도 '이'를 거울효과로 써서 '10 진호'라고 썼다. 나는 그래도 진호에게 한글 공부를 강요하지 않았다. 왜냐하면 진호는 글씨를 못 읽는 대신, 그림을 잘 읽었기 때문이다.

진호는 한글을 모르기 때문에 책을 읽어도 진호에게 글씨는 그림의 일부일 뿐이었다. 눈이 글씨를 따라가다 보면 놓치게 되는 그림을, 글씨를 모르는 진호는 아주 자세히 보았다. 진호는 그림이 들려주고 그림이 보여 주는 이야기를 한껏 맛볼 수 있었던 것이다.

언젠가는 한글을 깨치게 될 테고, 한글을 깨치면 글자를 따라 책을 읽게 되어 아무래도 그림을 자세히 볼 수 없을 테니, 나에게는 오히려 진호가 한글을 깨치지 못한 이 시간이 소중하게 생각되었다. 그래서 억지로 한글을 가르치지 않았다. 소미와 윤호, 진호 세 아이에게 책을 읽어 주다 보면, 확실히 진호는 그림의 미묘한 차이와 흔적들을 잘 발견하는 경우가 많았다.

아이들에게 문자를 일찍 깨치는 것이 좋은지 혹은 나쁜지에 대해 학자들 사이에서도 의견의 차이가 많지만, 그것은 어느 쪽이 더 옳다고 말할 수 없다는 생각이 든다. 세 아이를 키워 보니, 한글 깨치는 방법도, 시기도 모두 각각 달랐다. 어떤 아이는 통문자로 글씨를 익혔고, 어떤 아이는 자음과 모음 낱자의 조합으로 글씨를 깨쳤다.

그러니, 문자를 깨치는 적절한 시기도 아이마다 다르다고 생각 한다.
내 아이를 잘 관찰해서 그 아이에게 맞는 학습을 찾는 것이 중요 하지 않을까.

그림도 하나의 의사소통의 수단이다. 어떤 때는 글이 전달하는 것

보다 훨씬 많은 이야기를 전달하고 있는 것이 그림이라고 생각한
다. 아이들과 행복한 그림 읽기를 해보는 것은 어떨까? 글자는 잠
시 뒤로하고 말이다.

SUN의 신나는 과학

〈샘의 신나는 과학〉 시리즈는 궁금한 게 많은 주인공 '샘'이 질문을 하고 샘의 엄마가 답하는 형식으로 과학지식을 재미나게 전달해 주는 책이다. 그러면서도 꽤나 심도 있는 과학 지식을 담고 있어, 결코 쉬운 책이 아니다.

오늘 그 시리즈 중 〈히히, 내 이 좀 봐!〉라는 책을 아이들과 읽으면서, 이의 구조와 이를 구성하는 성분을 이야기해 보았다. 아이들이 이가 이렇게 생겼는지 몰랐다며, 책을 아주 자세히 들여다보았다. 그러더니, 이에 대해서 더 자세히 알고 싶다는 것이다.

그래서 나는 치아 구조 그림을 복사하여 아이들에게 색칠해 보자고 했다. 그리고 아이들은 색칠을 하면서 이를 구성하는 부분의 이름도 직접 써 보았다.

저녁이 되자, 윤호가 묻는다.

별의별 놀이터

"엄마, 에나멜질이 뭐예요?"

"에나멜질은 이의 표면을 덮고 있는 물질로, 인체의 구성성분 중에 가장 딱딱한 물질이란다."

쉽지 않은 용어라서 윤호가 기억하리라고 생각도 못했는데, 색칠하고 이름도 써 보니 머릿속에 그 단어가 각인이 되었나 보다.

이날 이후, 과학 그림책을 보다가 아이들이 그 대상에 대해 더 깊이 알고 싶어 하면, 그 대상을 그려보거나 복사하여 색칠을 해본다. 그리고 관련되는 명칭을 따라서 써 본다. 아이들은 색칠을 하다 보면 어느새 그 대상과 친해져 있음을 알게 된다.

윤호가 '샘'이 되어 질문하고
나는 '샘(선생님)'이 되어 답하고.

The wheels on 진호 go round and round

대부분의 남자아이들은 자동차를 무척 좋아한다. 윤호도 예외는
아니다.
서점에서 책을 고르다가 윤호가 집어든 책은 〈The wheels on
the bus〉라는 영어책.
나는 윤호가 세 살 때 이 책을 아마도 3백 번은 읽어 주었을 것이다.

'The wheels on the bus go round and round~~~♪'
책에 이 구절이 계속 반복되니까 이 구절은 아마도 한 2천 번은 하
지 않았을까?
진호에게 젖병을 물려 놓고 윤호에게 읽어 준 〈The wheels on
the bus〉.
나는 윤호랑 같이 노래하면서 이 책을 보았다.

진호가 기어 다닐 수 있게 된 어느 날.

별의별 놀이터

그날도 윤호는 〈The wheels on the bus〉를 읽어 달라고 했다.

"엄마, 책 읽어 주세요."
"무슨 책을 읽을까?"
"〈The wheels on the bus〉 읽어 주세요."
"그래, 그럼 책을 가져오렴."

나와 윤호의 대화가 끝나자마자 갑자기 진호가 젖병을 놓고 몸을 뒤집더니, 책장으로 기어갔다. 손과 발에 바퀴를 달았는지 재빠르게 기어가더니, 아니 달음질하더니 〈The wheels on the bus〉책을 찾아 뽑아 오는 것이다. 진호가 이 책을 어떻게 찾았지? 누워서 젖병만 빠는 줄 알았는데 진호도 다 듣고 있었던 모양이다. 윤호도 나도, 그런 진호를 보고 신기해서 한참을 감탄했다.

혹시나 다른 책들도 기억하는지 싶어서 윤호와 〈The wheels on the bus〉만큼이나 많이 읽던 에릭 카의 〈Brown bear〉를 찾는 척했다.

"진호야, 〈Brown bear〉 책이 어디 있을까? 엄마가 못 찾겠네."
했더니, 금세 책을 찾아오는 것이다.

아이는 다 듣고 다 보고 있었구나.
아이들의 청각의 힘에 놀랐고, 아이는 세상에서 일어나는 일들을
스펀지처럼 받아들이고 있다는 것을 실감했다. 말 못하는 아가라
고 해서, 그 앞에서 함부로 행동해서도 안 되겠구나 생각했다.

멍멍 우주 과학자

윤호와 〈멍멍 우주 비행사〉라는 책을 읽고 있었다.

이 책은 사람보다 먼저 우주선을 탄 러시아 강아지 두 마리에 관한 실제 이야기를 담은 동화책이다. 한참을 읽고 있는데, 윤호가 묻는다.

"엄마, 우리 선생님이요, 우리나라도 로켓 발사했대요."

"아, 그래. 맞아. 근데 실패했어."

"왜요?"

"음⋯⋯. 로켓에서 파편이 나와서 정확하게 목적지까지 날아가지 못했대."

윤호가 이 말에 실망하는 표정이길래 다시 덧붙였다.

"근데 우리나라 과학자들이 더 열심히 연구해서 우리나라도 로켓 발사에 꼭 성공할 수 있을 거야."

그러자 윤호는 눈이 커지고 반짝반짝 거리면서 무언가를 발견한 듯이 큰소리로 외친다.
"엄마, 그럼 제가 하면 되겠네요. 제가 로켓 만들어서 발사에 성공시킬게요. 제가 과학자잖아요."

나는 웃음이 터져 나오려는 것을 참았다. 윤호의 희망에 찬 눈빛을 보니 도저히 웃을 수가 없었다.
"오, 그래! 그러면 되겠다. 윤호가 과학자였지?"

네 살짜리 윤호는 '커서 과학자가 될 거예요.'가 아니라 마치 이미 이루어진 일인 양 '제가 과학자예요.'라고 말하고 있다.

원대한 꿈의 윤호.
로켓 발사는 내게 맡겨라.

And.

별의별 놀이터

누구 발자국일까

아이들과 〈누구 발자국일까〉라는 과학 그림책을 읽었다.

이 책은 강가의 진흙 위에 남아 있는 발자국 모양을 보고 어떤 동물이 지나갔는지 알아맞히면서, 동물의 생태와 특성을 익힐 수 있도록 내용을 구성한 책이다.
읽다 보니 개와 고양이의 발자국이 다르다는 점과 토끼가 뛸 때 발자국이 어떻게 나타나는지를 자연스럽게 알게 되었다.

저녁을 먹고 그림을 그리는데, 윤호가 발톱이 없는 발자국을 그리면서 고양이의 발자국이라고 한다. 그랬더니 소미가 그 위에 점을 찍으면서 여우의 발자국이라고 한다.

아이들이 노는 모습을 보니 재미난 생각이 나서, 나는 쓰지 않는 커다란 지우개를 가져와 조각칼로 파서 발자국 도장을 만들었다.

발톱을 숨긴 고양이 발자국, 발톱이 드러나 있는 개의 발자국, 그리고 돼지 발자국도 만들었다.

이렇게 발자국 도장을 만들어 아이들과 찍으며 놀았다. 그러다가 아이들의 손바닥에 잉크가 묻었다.

"엄마, 이건 제 발자국이에요."

하면서 소미가 손가락에 묻은 잉크를 종이에 찍었다. 손가락으로 여러 가지 모양을 만들면서 찍고 손바닥을 찍어 보기도 하고 발바닥도 찍어 보았다. 손과 발이 시푸르뎅뎅 난리였지만, 아이들은 아주 신이 나서 찍고 또 찍고…….

온 방 안 가득 발자국으로 가득한 날.

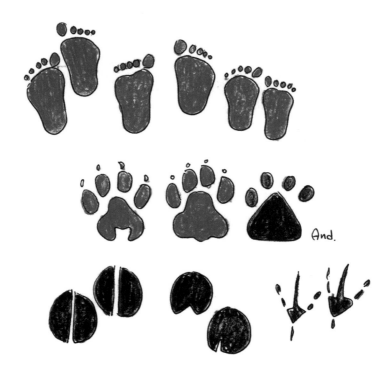

And.

충치도깨비 달달이와 콤콤이

윤호는 네 살 때 양치질하는 시간이면 몸을 비비 꼬고 인상을 쓰고, 때론 하기 싫다고 도망을 다니기도 했다. 그런데 윤호가 양치질 시간에 가만히 있게 해준 책이 있었으니, 안나 러셀만이 지은 〈충치도깨비 달달이와 콤콤이〉가 바로 그 책이다.

"윤호야, 콤콤이가 윤호 이에다가 구멍을 내고 커튼까지 치려나 봐! 구멍 못 파게 빨리 양치해야겠다."
라고 하자, 윤호는 떼를 피우는 것을 잊은 듯 눈이 동그래져서는 귀를 기울인다.
그러면 나는 칫솔질을 해주면서 말한다.

"어머머머 어쩌나, 어금니에다가 창문을 내고 있네?"

이렇게 윤호에게 뻥(?)을 치면서 책 내용을 인용하면, 윤호는 양치질하는 동안 움직이지 않고 아주 잘 해낸다.

그런데 한 고개가 더 남았다. 세수하면서 콧물이 꽉 찬 코를 씻어 내리면, 또 한바탕 윤호의 몸부림과 투정을 감당해야 한다. 그러면 나는 계속 충치도깨비를 이용할 수밖에 없다.

"윤호야, 콤콤이가 이번엔 윤호 코에 수영장을 만들었네!"

"엄마도 참, 콤콤이는 네모난 수영장을 만드는데 콧구멍은 동그랗잖아요. 근데 진짜 웃긴다. 콤콤이는 하필 왜 내 코에다가 수영장을 만드냐. 콤콤아, 너 참 재미있다. 하하하!"

'어머머머, 윤호야, 나는 네가 더 재미있다. 어쩜 콤콤이가 진짜 있는 것처럼 얘기하니?'

여하튼 충치도깨비 달달이와 콤콤이는 삼남매에게는 베스트 도서이고, 나에겐 아이들의 양치질을 도와준 고마운 책이다.

이 책의 충치도깨비는 도깨비라고 해서 무섭게 양치질을 강요하거나 협박하는 도깨비가 아니라 익살스럽고 귀여운 도깨비이다. 그래서 아이들이 보면서 신기해하기도 하고 즐거워한다. 이 책의 그림과 내용의 다채로움이 웃음을 자아낸다. 입 안에서 일어나는 일을 아기자기하게 그려 놓은 그림을 보면 어른인 내가 봐도 참 재미있다. 그러면서도 현실과의 절묘한 연결은 아이들이 양치질을 잘 하도록 유도하고 있다. 비현실과 현실을 자연스럽게 조합하는 고도의 기술이 돋보인다. 읽다 보면 아이의 상상력이 쑥쑥 크는 소리가 들릴 것이다. 참 잘 만든 책이다.

별의별 놀이터

反哺報恩(반포보은) - 나는야 까마귀

다섯 살이 된 윤호는 새로운 유형의 질문에 재미를 붙여, 나를 따라다니며 물었다.

"엄마, 제가 공룡이라면 좋겠어요?"

"엄마, 제가 장난감이라면 좋겠어요?"

"엄마, 제가 세탁기라면 좋겠어요?"

나는 윤호의 질문에 어떻게 답해 주어야 할지 몰라서 주로 이렇게 대답했다.

"아니, 엄마는 윤호 그대로가 좋아. 나는 윤호가 그냥 윤호였으면 좋겠어."

윤호가 또 나를 불러 질문을 했다.

"엄마, 제가 까마귀라면 좋겠어요?"

이번엔 다르게 대답을 해 보았다.

"그래, 윤호가 까마귀라면 좋겠어."

그랬더니 윤호가 하는 말.

"그럼, 엄마 배고플 때 제가 먹잇감 구해다 드릴게요."

"어머나, 고마워!"

이 질문과 대답을 통해 윤호가 '내가 만약 ○○○라면 좋겠어요?' 라는 질문을 하는 이유를 알게 되었다. 윤호는 책 속의 주인공이 되어 보고 싶었던 것이다. 윤호는 이 날 한자동화 〈반포보은〉을

별의별 놀이터

읽고 까마귀가 되어 보고 싶었나 보다. 이날 이후에는 윤호가 "엄마, 제가 만약 ㅇㅇㅇ이면 좋겠어요?"라고 질문하면, 나는 그랬으면 좋겠다고 대답했다. 윤호의 반응이 궁금하기도 했고 윤호의 질문을 통해 나도 함께 엄청난 상상 속에 빠져 보는 재미가 쏠쏠했기 때문에.

나는야 까마귀! 먹이 줘~ 잉!

* 반포보은 : 자식이 커서 어버이의 은혜에 보답하는 효성. 까마귀가 다 자란 뒤에 늙은 어미 새에게 먹을 것을 물어다 준다는 뜻.

돼지 삼남매 1

진호가 갑자기 심각하게 질문을 한다.

"엄마, 우리 집은 뭐로 만들었어요?
나무예요? 벽돌이에요?"

"벽돌로 만들었지."

"휴~ 다행이다."

"뭐가?"

"늑대가 집으로 쳐들어올까 봐 걱정되었거든요."

동화 속에 살고 있는 진호.

별의별 놀이터

돼지 삼남매 2

아버님은 진호를 재우실 때 가끔 늑대의 도움을 필요로 하신다.

할아버지 : 진호야, 어서 자거라.

"앙뚱앙뚱"

진호 : 잠이 안 와요.

할아버지 : 그래도 자야 해. 늦게 자면 시켜면 늑대가 와.

진호 : 괜찮아요, 할아버지. 걱정 마세요.

우리 집은 벽돌로 만들어져서 늑대가 와도 못 쳐들어와요.

↖ 벽돌집

And.

요술 붓

아이들과 〈신기한 요술 붓〉이라는 동화책을 읽었다. 붓을 갖고 싶었던 아이에게 붓이 하나 생겼는데, 이 붓으로 그림을 그리면 그림이 실물로 변한다는 내용의 동화다. 책을 다 읽고 나서 아이들에게 물었다.

"애들아, 너희들은 요술 붓이 있다면 뭘 그릴거니?"

윤호가 대답했다.
"우주선이요. 우주선 타고 우주를 탐험해 보고 싶어요."

진호가 대답했다.
"저는 타임머신이요. 타임머신 타고 삼십 년 전으로 가서 라면을 사 올 거예요. 형님이 그러는데, 옛날에는 천 원으로도 라면 열 개 살 수 있었대요."

별리별 놀이터

'흐흣, 고작 라면을 사러 가기 위해 타임머신을 만든다는 거야?'

내참 어이없고 웃음이 났지만 늘 그렇듯 엄마는 연기자.
나는 내색하지 않고 아무렇지 않게 미소 지으며 소미에게도 물
었다.

"소미는?"

"저는 엄마를 열 개쯤 그릴 거예요."

"엄마는 있는데 왜 엄마를 또 그려? 소미가 갖고 싶은 거, 소미한
테 없는 걸 그리면 더 좋지 않겠어?"

"아니요, 저는 엄마를 그릴 거예요. 엄마를 여러 개 그려서, 한 명
은 집에서 제 숙제 봐주고, 한 명은 회사 보내고, 한 명은 집안일
하고, 한 명은 저 학교 갈 때 같이 가고, 한 명은, 음⋯⋯."

이 말을 하는 소미는 사뭇 진지하면서도 한편으로는 눈이 반짝반짝하면서, 정말 그럴 수 있었으면 좋겠다는 간절한 표정으로 이야기했다.

그러자, 이 말을 들은 윤호와 진호는 그들이 선택한 소재가 엄마라는 선택보다 호소력이 적었던 것 같았다는 아쉬운 기색과 함께 왜 진즉에 그 생각을 못했을까 하는 안타까움을 내비쳤다. 그러다가 갑자기 서로 먼저 말하겠다며 말들이 섞이며 소란해졌다.

"엄마, 저도요. 저도 타임머신도 그리고 엄마도 그릴래요."

"엄마, 저는 엄마를 백 명 그려서 우주선 태워 드릴게요."

"헉, 백 명씩이나? 백 명의 내가 도처에 돌아다닌다고 생각하니, 좀 징그럽다. 요술 붓이 아니라 복제인간 제조기구나? 하하하!"

요즘 부쩍 엄마를 곁에 두고 싶어 하는 소미. 엄마와 밀착하며 애정을 느끼고 싶은 소미의 마음을 여실히 읽을 수 있었다.

소미야, 엄마가 더 열심히 뛸게. 몸은 열 개가 될 수 없지만, 엄마
는 소미가 학교에 있든, 소풍을 가든, 잠을 잘 때든 늘 마음으로
너와 함께할게. 알지? 엄마가 언제나 소미를 생각하고 있다는 거.

요술붓 AND

아브라 카타브라. 얍!

에스키모 삼남매

펄펄 눈이 옵니다, 하늘에서 눈이 옵니다. ♪♫~

눈이 엄청 내린 새해 첫날이다.

마당에 쌓인 눈을 보더니 삼남매는 갑자기 부산해졌다.
아이들은 삽, 직육면체 김치통, 장갑을 챙겨서 마당으로 나갔다.

　"너희들, 도대체 뭘 하려는 거니?"

　"엄마, 저희는 오늘 에스키모가 되어 볼 거예요."

책에서 본 이글루를 만들어 살아 볼 거란다.
봄이 오기 전에 이글루를 완성해야 한다면서 얼음벽돌 제작 중인
에스키모 삼남매.

삼남매는 이글루를 만드는 중.

에스키모 삼남매. And

콩쥐 팥쥐와 새엄마

콩쥐는 콩만 먹어서 이름이 콩쥐인거야?

하하하, 그럼 팥쥐는 팥만 먹어서 팥쥐인가 보다.

내참! 얘들아, 그럼 새엄마는 새만 먹어서 새엄마냐?

왜 나 갖고 그래~~-.-

The Star brothers and sister

위트와 유머로 풀어 가는
웃픈 이야기

지치고 힘들어도 육아 속에 숨어 있는
보람과 웃음 찾기

사글세 열 달 계약

소미는 예정일보다 1주 빨리 나왔고, 윤호는 3주 빨리 나왔다. 셋째도 빨리 나올 가능성이 크다는 병원의 예상과 함께 나는 일찌 감치 출산준비를 마쳤다. 그런데 예정일이 다 되도록 셋째 아이는 나올 기미가 보이지 않았다.

배는 점점 무거워져서 나는 무척 힘들어졌다. 되도록 인공적인 방 법을 쓰지 않고 자연스럽게 출산을 해보려는 나에게, 병원에서는 아이가 더 크기 전에 유도분만을 하는 것이 낫다고 하니 나의 마 음은 더 초조해졌다.

예정일 전날.
나는 뱃속의 아이에게 최후통첩을 하기로 했다.

아가야,
예정일 다 되었잖아!
방 빼!!
엄마 힘들다.
내일이면 예정일이고
너는 4kg에 육박하고 있어.
강제로 퇴출되기 전에 순순히
알아서 나오는 게 좋을거야 ♬

엄마,
뭐가 그거 급하세요?
우리의 계약 만료일은
내일이라구요!
연장계약 생각은 없으니
걱정마세요!!

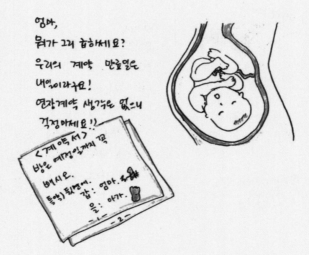

예정일 오전, 진통이 왔다.

소미와 윤호의 유치원 등원을 모두 챙겨 주고 뒤돌아서는데, 진호
가 문을 두드렸다.

"오메요. 오늘이 계약만료일입니다. 짐 쌌응게 이젠 나갈라요."

진호는 정말 느긋하게 뱃속생활을 마치고 예정일 날, 위풍당당하
게 방을 뺐다.

열달치 월세는?? And

이 세상 모든 곳이 스티커 판

아이들은 유난히 스티커에 몰두한다. 소미도 세 살 때부터 일곱 살때까지 스티커에 열광했다. 잠시 후 윤호가 그 뒤를 이었고 다시 그 뒤를 진호가 이었으니, 우리 집은 10년간 스티커에 노출되었다고 할 수 있으며 이젠 어른들도 스티커에 익숙해졌다.

윤호와 진호는 스티커에 더하여 판박이에까지 몰두한다. 판박이는 스티커보다 더 고난이도의 제거 작업이 필요하다. 정말 곤혹스럽다. 포장지가 판박이로 되어 있는 풍선껌이 있다. 아이들은 풍선껌도 먹고 판박이도 하는 일석이조를 위하여 그 풍선껌을 산다.

내가 어렸을 때도 풍선껌에 무언가 다른 아이템이 있으면 그 껌을 더 사게 되는 경우가 있었다. 만화가 들어 있는 풍선껌이 그중 하나이다. 껌 모양의 갱지에 흑백으로 그려진 만화를 보려고 껌을 사고 또 샀던 기억이 문득 난다.

별의별 놀이터

그래, 너희들도 나처럼 어른이 되면 지금을 회상하겠지 싶어서 아이들의 스티커와 판박이에 대한 열정을 이해하기로 마음먹고 있는데…….

이런 나의 다짐을 깨는 남편의 외침.

"으악, 이게 뭐야?"

아뿔싸, 남편의 중요한 서류 표지에 아이들이 판박이를 붙여 놓은 것이다.

이뿐만이 아니다. 스티커는 말하기에도 민망한 곳까지 침투하여 자리를 잡고 있었다.
엉덩이, 발가락 사이, 머리카락 속 기타 등등.

한번은 이런 일이 있었다. 남편이 목욕탕에 갔는데, 옆에 있던 아저씨가 웃으며 남편의 엉덩이를 만지더라는 것이다. 몹시 당황한 남편은 왜 남의 몸에 손을 대냐는 표정으로 매섭게 아저씨를 바라보았단다. 그러자 아저씨가 조그마한 스티커를 내밀며 하는 말.

"이걸 떼어 드리려고요." 남편은 감사하다는 말도 못하고 얼굴만 빨개졌단다.

그뿐이 아니다. 남편이 상갓집에 가서 아주 민망했다며 얘기한다. 상주들과 절하려는데, 양말에 꽃 스티커, 그것도 분홍색 스티커가 붙어 있는 것을 발견한 순간. 그 당황스러움을 아느냐고. 제발 지뢰밭 같은 스티커를 제거해 달라는 요청을 남편은 아주 정중히 나에게 하는 것이다.

그러게 말이에요. 윤호, 진호가 소미를 이었으니 우리 집은 언제쯤이면 스티커 세상에서 해방될까요?

목욕탕에 갔더니
이게 붙어있더라.

출근했는데 옷에 붙어있고.

어머님 아끼는
엔틱가구에 덕지덕지.

어린이집 수첩은
거의 도배 수준.

의자에 온통. 완벽이.
이건 떼어지지도
않지!

가방색이 눈적을
온데간데 없다!

애들아빠,
문상 가서 전하려는데
검정양말에 붙어있는
분홍 꽃스티커.

때론, 적절한곳에
붙어있기도 하지. ♡

손오공은 없고 사오정만 있다 | (겨울왕국)

진호가 소미를 따라 영화 〈겨울왕국〉의 삽입곡인
'렛잇고(LET IT GO)'를 부르고 있다.

"진호야, 진호도 '렛잇고' 노래를 알아?"

"네, 엄마! 저 이 노래 〈겨울왕국〉 보기 전부터 알았어요!"

"정말? 어디서 들었는데?"

"운동장에서요."

"아~ 운동장에서도 이 노래를 틀어줬어?"

별리별 놀이터

나는 속으로 생각했다.

'〈겨울왕국〉의 인기가 정말 대단하긴 한가 보다'라고.

그런데 진호는 이렇게 답을 하는 것이다.

"아뇨. 달리기 출발할 때 말하잖아요. 렛잇~고!"

진호야, 그건 레디고(READY GO)잖니?

소파 위의 오누이

설거지를 하는데 남편이 말없이 손짓을 하며 살짝 나를 부른다. 무슨 일인가 싶어서 나는 살금살금 남편을 따라갔다.

남편을 따라가 보니, 소미와 윤호가 소파 위에 앉아 있었다. 소미는 블라인드 줄을 잡고 있고, 윤호는 눈을 감고 간절하게 기도를 하고 있는 것이다.

"비나이다, 비나이다. 저희를 살리시려거든 새 동아줄을 내려 주시고 죽이시려거든 썩은 동아줄을 내려 주십시오."

그러더니 둘은 블라인드 줄에 매달리는 것이다.

'으악, 안 돼! 너희 몸무게가 얼만데? 줄 끊어져!'라고 말하고 싶었지만, 아이들은 너무나도 진지하게 블라인드 줄이 썩은 동아줄이

별의별 놀이터

아니길 바라고 있었기에 나는 킥킥 터져 나오는 웃음을 안고 살며시 부엌으로 물러났다. 다행히, 블라인드 줄은 그 이후에도 몇 번 더 소파 위의 오누이가 하는 놀이에 동참하여 주었다.

그러나 블라인드 줄도 이젠 지칠 만도 한 어느 날, 블라인드 줄이 드디어 썩은 동아줄이 되었다. 블라인드 줄이 끊어진 것이다. 이날도 아이들은 블라인드 줄에 매달렸다. 블라인드 줄이 끊어지자, 아이들은 급히 각본을 변경했다. 착한 오누이를 쫓아 올라온 호랑이 남매라고 말이다. 그래서 수수밭에 떨어졌다는 것이다. 오늘의 소미와 윤호는 '해와 달이 된 오누이'가 아니라 '오누이를 잡으려 올라간 호랑이 남매' 연기를 하고 있다. 블라인드 줄을 망가뜨려 놓은 것에는 아랑곳도 없이.

그동안 잘 버티어 준 블라인드 줄아! 고생했다.
블라인드 줄을 교체했다. 출장비까지 주면서……. 흐그그, 참 비싼 독후 활동이네.

그래도 참 다행이다. 아이들이 소파에 참기름을 안 바른 것이.

생각할수록 아주 참 많이 다행스럽다.

다행스러워 하고 있는 엄마 마음을 오누이는 알까?

별리별 놀이터

나, 오늘은 동아줄
불질은 블라인드 줄.

참기름

손오공은 없고 사오정만 있다 2 (가나다라 마법사)

"진호야, 오늘은 '가나다라마바사'를 써 볼까?"

"엄마, 저 그거 쓸 줄 알아요."

"아, 그래? 그럼 네모 칸 공책에
한 페이지 쓰고 엄마랑 카드 놀이할까?"

"네!"

"엄마, 다 썼어요!"

진호가 내민 공책에 쓰인 글자는, '가나다라마법사'

별의별 놀이터

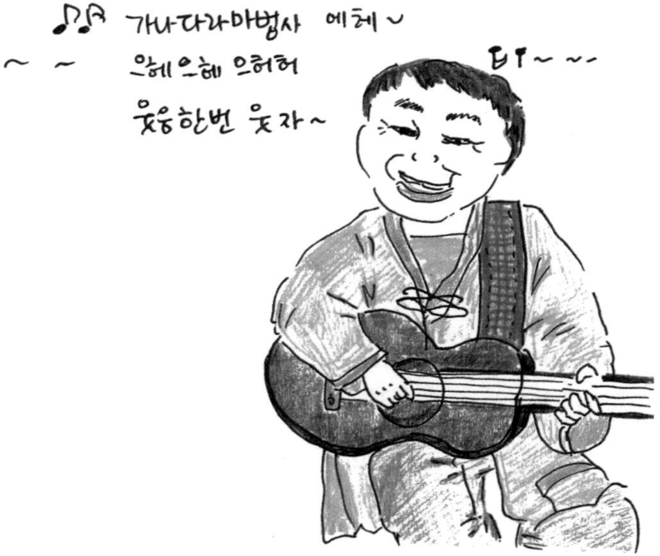

가나다라 AND 마법사. ♪~

손오공은 없고 사오정만 있다 3 (군살세무서)

우리 진훈는 군살이 하나도 없네~

흘~쭉.

그럼요, 우리는 익산에 사니까요.
엄마는 군살이 있겠네요?
군산(살) 세무서에 다녀시잖아요. ^^

 군살세무서. And.

동그라미도 엑스표도 할 수 없는 답은 별표

아이들이 풀어 놓은 문제집을 채점하다 보면,
동그라미를 칠 수 없는데 그렇다고
틀렸다고도 할 수 없는 답들이 있다.

예를 들면, 이런 답.

[질문]

학교에 준비물을 가져가지 않았던 경험을 쓰고,

그때의 느낌을 쓰시오.

[윤호의 답]

없다.

윤호는 아주 단호하게 사실적인 답을 썼다.

준비물을 가져가지 않은 적이 없다는 말이다.

나는 처음에는 그 뜻을 몰라 한참을 바라보다가

빵!! 웃음이 터졌다.

이렇게 동그라미도 엑스표도 아닌

답일 경우에 나는 별표를 한다.

아이에게 왜 그런 답을 썼는지를 묻고

이야기하다 보면 아이의

마음과 심리를 엿볼 수 있다.

여행 2 (진호의 거창한 가출 계획)

아이들 방 청소를 하고 있는데, 진호가 뜬금없이 나를 보며 결의에 찬 목소리로 말한다.

"저는 엄마가 저에게 매를 주거나(네 살 때 진호는 '매로 때리다'를 이렇게 표현했다) 혼을 내면, 저는 여행을 떠날 거예요."

이건 또 무슨 자다가 봉창 두드리는 소리?
벌써 유아 사춘기인가? 가출 선언을 하고 있는 거야, 지금?

"여행? 여행을 어디로 갈 건데?"

"외할머니 집으로 갈 거예요."

"왜 외할머니 집으로 가? 외할머니는 내 엄마야. 왜 나한테 혼났는데 나의 엄마한테 가냐?"

나도 진호가 어떻게 반응하는지 궁금해서 진호 말에 계속 대꾸를
해보았다.

"외할머니 집에 어떻게 가려고? 혼자 갈 수 있어?"

"비행기 타고 가면 돼요."

"비행기를 어떻게 타려고?"

"엄마가 돈 주세요. 표는 두 개 사주시고요."

"진호 네가 엄마가 미워서 여행 간다는 거 아니었어? 근데 내가
왜 표를 사 주어야 하니? 그것도 두 장이나. 두 장을 사려는 거
보면, 다시 돌아오기는 하려고 하니?"

"그러고 보니 외할머니가 보고 싶네요. 엄마, 외할머니를 우리 집으
로 놀러 오시라 하세요. 아무래도 저는 가기가 어려울 거 같네요."

네 살배기 진호의 거창하지만 **바로 무산된 가출**

엄마를 차지해야 하는 합당한 이유

퇴근하고 저녁 먹고 치우고 나면, 아이들은 나에게 와서 하루 동안 밀린 얘기를 하느라 정신없다. 서로 먼저 얘기하겠다고 다투기 일쑤다.

아무래도 소미가 학년이 올라갈수록 엄마에게 하고픈 얘기가 많나 보다. 그러다 보니 소미에게 더 많은 시간을 할애하게 된다.

이에 진호가 불만스러운 듯이 말했다.

 "누님, 누님은 이제 그만 엄마를 나에게 양보해!"

 "네가 양보해. 나는 누나라고 맨날 양보만 할 수 없어.
　　　너는 막내라고 여태까지 엄마가 많이 봐주었잖아!"

　　　　　　　　　　　　　별의별 놀이터

 "무슨 소리야? 누님은 나랑 형님이 태어나기 전에 이미 엄
마를 독차지한 시간이 많았잖아. 그러니까 이제는 내가 엄
마를 독차지할 차례야. 누님이 양보해."

아무래도 평일에는 아이들과 함께하는 시간이 짧다 보니, 아이들
은 나와 함께 하는 틈이 나면 서로 자기를 먼저 봐달라고 조를 때
가 많다. 특히 둘째는 엄마 입장에서는 많은 애정을 쏟아 준다고
생각하는데도 엄마의 사랑을 위아래로 빼앗긴다고 생각하나 보
다. 큰아이는 큰아이대로 동생들에게 엄마를 양보하고 있다는 피

해의식을 갖고 있다. 막내는 불만이 없을 줄 알았는데, 막내가 하는 말을 들어 보니 태어나기 전의 시간까지도 샘을 내고 있을 줄이야.

아이들이 좀 더 흡족하게 느끼게 해줄 방법이 없을까 고민하다가, 세 아이를 모아 놓고 제안을 하나 했다. 일주일에 하루씩 정해서 한 사람과만 데이트 시간을 갖자고 말이다. 데이트 날에 나머지 두 명은 엄마를 완벽히 양보해야 한다는 규칙과 함께. 아이들은 모두 흔쾌히 나의 제안에 동의했다.

한 아이와 데이트 하는 그 순간만큼은 외동아이가 되어 엄마의 사랑을 독차지한다는 생각이 들게 해준다. 아이들은 데이트 순서를 기다리며, 데이트 날이 되면 아침부터 즐거워한다. 나한테 일찍 퇴근하라고 신신당부를 하기도 한다.

몇 달간 개별 데이트 시간을 가진 뒤로는 엄마에 대한 독차지 쟁탈전이 없어졌다. 요즘도 아이들은 가끔 데이트를 나가자며 옆

별의별 놀이터

구리를 쿡쿡 찌른다. 세 녀석이 동시에 옆구리를 찌르면 '대략 난감'한 상황에 봉착하지만 그래도 나는 행복하다. 나를 바라보며 나와 함께하고 싶어 하는 아이들이 셋이나 되니 말이다. 가만히 생각하고 있으면, 벅찬 행복이 샘솟듯 솟아올라 나를 감싼다. 나는 다짐한다. 나는 그들의 무게 중심이 되어 골고루 사랑을 나누어 주리라.

엄마는 삼남매의 무게 중심

윤호의 정체성 혼란

윤호가 아침에 일어나자마자 나에게 묻는다.

"엄마, 저는 엄마 아들이 아니죠? 고모가 그러시는데 둘째는 다 주워 온대요."

거참, 웬 자다가 봉창 두드리는 소리? 고모가 놀리려고 한 이야기를 진담으로 받아들인 모양이다.

"윤호야, 무슨 소리야? 엄마가 윤호를 낳았어. 엄마가 추운 겨울 새벽에 윤호를 2.9kg으로 낳았다고. 예정일이 3주나 남았는데도 윤호는 나오겠다는 거야. 그래서 엄마는 힘들었지만 윤호가 엄마를 빨리 보고 싶었나 보다 생각하고 윤호를 맞이했단다. 엄마가 윤호를 낳지 않았다면, 어떻게 이런 걸 다 알겠어?"

"……."

"그리고 너 아빠랑 똑같이 생겼잖아. 사람들이 너더러 아빠랑 닮았다고 그러지? 만일 주워 왔으면 이렇게 닮을 수 있겠니?"

　별의별 놀이터

그랬더니 무척이나 심각한 표정으로 윤호가 하는 말.

"제 생각에는요······.
아빠랑 저를 같이 주워 온 거 같아요."

푸항, 이건 또 무슨 소리. 이 얘기를 듣던 남편과 소미는 그야말로 웃음을 뿜었다. 윤호도 덩달아 웃었다. 나도 웃으며 윤호를 꼭안아 주었다.

아빠와 아들

1977년   2013년

(주의! 동일 인물 아님!)

식구들이 윤호 말에 빵 터지게 웃고 윤호도 활짝 웃기에, 윤호가 잠시 지나가는 의구심을 표현했던 것에 불과하고 이제는 의문이 풀렸으리라 생각했다. 그런데 윤호를 재워 놓고 윤호 일기장을 보니 일기장엔 이렇게 써놓았다.

'나는 주워 왔다. 어른들은 나를 주워 오지 않았다고 하지만 나는 그래도 어른들 말이 거짓말 같다. 근데 내가 새벽에 태어나서 엄마가 힘들었을 거 같다. 그렇지만 내 머리 속은 복잡하다.'

마지막 대목에서 나는 입을 못 다물었다. 여덟 살 아이의 고뇌가 숨겨져 있는 '복잡하다'라는 단어에 나는 그만 '푸흡─' 웃고 말았다. 철자법 왕창 틀린 거 보면 아이의 글이 맞는데, 생각은 사춘기 소년 같다고나 할까?

윤호야, 내가 네 엄마 맞다고!

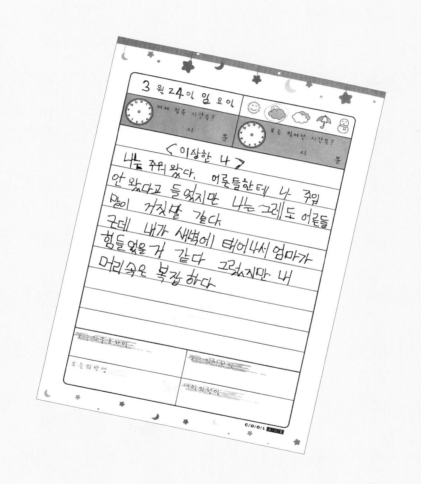

3 월 24일 일 요일

어제 잠든 시간은?   시   분

오늘 일어난 시간은?   시   분

〈이상한 나〉

나는 주워왔다. 어른들한테 나 주워
안 왔다고 들었지만 나는 그레도 어른들
말이 거짓말 같다
근데 내가 새벽에 태어나서 엄마가
힘들었을거 같다 그랬지만 내
머리속은 복잡 하다

오늘의 주요한 일

오늘의 반성

오늘의 단어

네 일의 할 일

C/O/O/L A|C|E

되돌아온 아들

엄마가 친엄마가 아니라며 어깃장 놓고 거의 3주를 힘들게 하더니,
언제 그랬냐는 듯이 다시 '엄마바보'로 돌아온 윤호.
엄마가 세상에서 가장 예쁘다며 엄마가 자기를 낳아 준 엄마라
정말 행복하다면서 나에게 포옥 안기는 윤호.

아들아, 너의 유아 사춘기에 엄마는 녹초가 될 뻔했단다.
돌아와 줘서 고마워.

엄마에게로
돌아가자~

돌아온 아들. And.

세상에 이런 일이 (삼남매의 특이한 식성)

소미는 수박과 토마토를 깨소금에 찍어 먹는다.
윤호는 술밥(고두밥)을 반찬도 없이 두 그릇은 너끈히 해치운다.
진호는 두 살 때부터 오이고추와 파프리카를 된장(진호는 된장을
'안 매운 고추장'이라 부른다)에 찍어 먹는다.

그러나 이보다 더 놀라운 삼남매의 식성이 있다.
독자들은 이것이 사실인지 확인해 보고 싶을 것이다.
그건 바로 아이들은 세살 때부터 전복 내장을 날것으로 먹는다는
사실.
어른들도 먹기 힘든 전복 내장을 감식하며 먹는다는 점.

어머님이 전복을 손질할 때면, 아이들은 어머님 옆에 제비처럼 입
벌리고 서서 내장을 받아먹는다.

막내 시누는 내장을 날것으로 먹으면 안 된다고 성화를 하면서도
웃으며 한마디하곤 한다.
"그 비린 것을 생으로 먹다니, 이 모습은 〈세상에 이런 일이〉라는
프로그램에나 나올 법한 장면이야."

'세상에 이런 일이'에 내보낼 사연이 삼남매에게 이쁜이겠는가?

놀라우면서도
흐뭇한 삼남매 형제니마음~

And.

별의별 놀이터

딱지 반환을 위한 시위

윤호와 진호가 딱지놀이를 하다가 승부에 대한 견해가 엇갈려 다투게 되었다.

그러다가 진호가 억울하다며 울음을 터뜨리고 만다.

결국 윤호와 진호는 어머님께 혼이 났고, 그에 대한 벌로 딱지를 모두 빼앗겼다.

하나둘 저금하듯 모은 딱지를 빼앗긴 윤호는 억울해서 펄쩍펄쩍 뛰었다.

그러더니 갑자기 비장한 표정으로 소미에게 건네는 말,

"누님, 얼른 나무젓가락 준비해!"

나무젓가락과 두꺼운 도화지를 가져와서는 둘이서 꼼지락 꼼지락 뭔가를 열심히 만든다.

잠시 후, 소미와 윤호는 할머니 방 앞에 커다란 종이 한 장을 펼친 채 앉아 있고, 진호는 해맑은 표정으로 작은 도화지가 붙어 있는 나무젓가락을 양손에 들고 서 있는 것이 아닌가.

"너희들, 지금 뭐하는 거야?"

소미와 윤호는 말없이 종이를 보라며 손짓을 하고, 진호는 영문을 모르겠다는 표정으로 대답했다.

"누님이랑 형님이 저보고 이거 들고 서 있으래요."

녀석들, 벌써 데모를 하다니……

아우님이라고 해야지!

윤호와 진호가 장난감을 갖고 놀다가 다툼이 생겼다.
그러다가 다툼이 인신공격으로 확대되었다.
갑자기 윤호가 진호의 얼굴에 대해 이야기하는 것이다.

"너는 얼굴이 크다고 네가 형님인 줄 착각하냐?"

평소 어른들이 윤호에게 진호보다 얼굴이
작다는 얘기를 하곤 했는데, 형이 동생보다
얼굴이 작다는 게 못내 마음에 걸렸던 모양이다.

그러자 진호는 그에 질세라 거세게 대항한다.

"그런다고 형님은 나한테 너라고 하냐?"

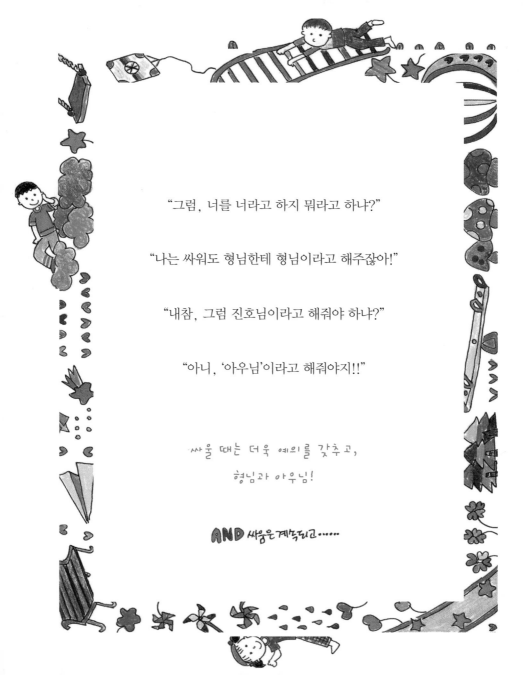

"그럼, 너를 너라고 하지 뭐라고 하냐?"

"나는 싸워도 형님한테 형님이라고 해주잖아!"

"내참, 그럼 진호님이라고 해줘야 하냐?"

"아니, '아우님'이라고 해줘야지!!"

싸울 때는 더욱 예의를 갖추고,
형님과 아우님!

AND 싸움은 계속되고……

이를 악물고 대결하는 것은 불공평해

윤호와 진호가 씨름을 한다고 서로의 바지를 움켜잡고 있다. 두 살 위의 형을 이겨 보겠다고 도전하는 진호의 모습이나 또 어린 동생을 이기겠다고 입 앙다문 윤호의 모습이 모두 웃겨서 어머님이 한마디 하셨다.

"윤호는 어린 동생을 이겨 보겠다고 아주 이를 악물고 하고 있구나?"

그러자 가뜩이나 질 게 뻔한 상황에 약이 오른 진호가 불퉁대며 투덜댄다.

"형님, 이를 악물고 하면 반칙이지! 나는 악물 이가 없다고!! 나는 지금 앞니가 빠져서 이를 악물 수 없잖아. 내가 질 게 뻔하다고!!"

별의별 놀이터

말도 안 되는 이유인데, 어찌 보면 말이 되는 진호의 패배 요인에
우리 모두 한바탕 웃는다.

삼손은 머리를 자르면 힘이 빠지듯
진호의 힘은 이를 악물어야 나오는 거였어!

형제는 기합 중

윤호와 진호 둘이 티격태격 싸우고 울고 칭얼대고 다시 어깃장 놓고……. 이렇게 이어지는 형제의 다툼은 전쟁터가 따로 없을 만큼 치열하다(아마 부잡스러운 형제를 키우는 집은 알 것이다).

매번 소리칠 수도 없고 매를 들 수도 없는 노릇.
도저히 안 되겠다 싶어 고안해 낸 방법.

아이들에게 앉아서 눈감고 생각하는 시간을 갖도록 한다. 묘하게도 이렇게 붙들어 놓으면, 반항 없이 마음을 가라앉히고 순해진다. 아이들은 삐침의 표시로 입이 나오고, 눈을 작게 뜨고, 양쪽 볼을 부풀리고 앉아 있다가도 눈을 감게 하면 서서히 순한 얼굴을 찾는다.

그리고는 "눈 뜨고 서로 화해해." 하면, 볼멘소리로 '미안해' 하며 서로 안아 준다.

이렇게 화해하는 과정에서 다시 싸우기도 한다. '그렇게 세게 안으면 어쩌느냐'고 징징대기도 하고, 서로 먼저 안아 준다고 다투기도 한다.

"형님, 미안해."

"진호야, 진심으로 미안하면 죄송하다고 하는 거야."

"그래?"

서로 부둥켜안고 다시 웃고 떠드는 악동 같은 형제.

사랑하는 아들들아!

싸우고 떼를 피워도 너희들이 사랑스러운 엄마도 참 별 수 없다마는,

그래도 조금만 더 사이좋게 지내면 안 될까?

형제 싸움에 엄마 등 휜다. 엄마는 기합 중

And.

아빠의 승부욕

집.중.

세계지도를 품은 배

저녁 먹고 아이들과 세계 문화에 관한 책을 보았다. 아르헨티나에 관한 책이었다. 윤호와 진호는 세계지도를 보며 아르헨티나가 어디에 있는지 확인하고, 여러 개의 국기 중에 아르헨티나 국기를 찾아보며 한참을 아르헨티나에 빠져 있었다.

그렇게 한참을 놀았는데, 윤호가 배를 자꾸 긁는 것이다. 윗옷을 올려 윤호 배를 보니, 몸에 울긋불긋 붉은 반점들이 있었다. 저녁때 뭘 먹었나 생각해 보니, 아마도 순대 먹은 것이 안 좋았나 보다.

윤호는 가려워하며 온몸을 더 심하게 긁어댔다. 반점이 얼굴에까지 퍼지자, 어른들은 걱정이 되어 응급실에 가야 하는 거 아닐까 하는 생각도 했다.

노폐물을 빼내면 나을까 싶어, 얼음찜질도 해보고, 뜸도 떠 보고, 따뜻한 물을 먹이고 소변을 보게 하는 등 갖은 방법을 써 가며 몇

별리별 놀이터

시간을 실랑이했다. 다행히 서서히 반점의 강도가 약해져 갔다.

윤호도 그 요법을 다 따라 하느라 많이 지치겠다 싶어 괜찮은지 살펴보았더니, 윤호는 고개를 숙이고 뭔가 몰두 중이다. 배를 뚫어지게 쳐다보고 있는 것이다. 그래서 뭐하느냐고 물었더니,

"엄마! 여기는 반점이 제일 크죠. 꼭 러시아 같아요. 여기는 아메리카 대륙이예요. 여기 반점이 안 난 곳은 태평양이구요. 여기 조그만 점은 하와이예요. 목 부분은 열이 안 나니까 시베리아예요. 순대 덕분에 세계지도 실─컷 보니까 꼭 나쁜 것만도 아니네요. 헤헤."

윤호는 밤 12시가 넘도록 어른들이 하라는 대로 물을 마시고 약 바르고 사혈하는 과정들을 잘 따라주었다. 치료를 하는 과정들이 어른들에게도 지치는 일이지만, 어린 윤호에게도 가렵고 열나고 매우 힘들었을 것이다. 그 와중에도 짜증 하나 안 내고 배에 세계지도가 생겼다며 즐기는 모습이 기특해서 오히려 웃으며 하루를 마무리했다.

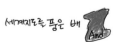

세계지도를 품은 배

소울 우유 실종 사건

급식으로 받은 우유를 먹지 않고 집으로 가져온 윤호.
코코아에 타먹을 요량으로 안 먹고 아껴 왔나 보다. 윤호는 저녁
을 먹자마자 후다닥 냉장고로 달려갔다. 그런데 우유를 놓아둔 자
리에 우유가 없나 보다.

윤호는 우유가 없다며 한참을 뒤적거렸다.
다른 때 같으면 없어졌다고 펄쩍 뛰며, 누가 가져간 거냐며 투정
을 부릴 텐데, 오늘은 여유롭게 이렇게 말하는 게 아닌가.

"소울 우유 실·종·사·건! 용의자는 누구인가?"

그러자 우유 한 방울이라도 얻어먹어 보겠다고 뒤를 쫓아와 윤호
옆에 서 있던 진호가 아~~주 자연스럽게 윤호의 말을 바로 받아
치며 하는 말.

별의별 놀이터

"용의자는! 냉·장·고! 냉장고 같습니다."

"그런가? 그럼 용의자인 냉장고를 샅샅이 뒤져라!"

설거지하다가 요 두 녀석의 대화를 듣다가 하도 웃겨서 물었다.

"너희들 지금 뭐하는 거야?"

"저희는 지금 탐정이 되었어요.
우유를 꼭 찾아서 코코아를 먹어야 해요."

큭! 〈명탐정 코난〉이라는 만화를 너무 많이 봤나 보다.

대답 없는 나 (엄마, 전립선이 뭐예요?)

어느 날, 청소하는 나에게 윤호가 다가와서 묻는다.

 "엄마, 전립선이 뭐예요?"

나는 순간 당황했고, 웃음이 뿜어져 나왔다.

'이런 난감한 단어는 도대체 어디서 들었지? 내가 그걸 어떻게 설명해? 나도 잘 모르는데? 이건 아이 키울 때 주의해야 할 예상 질문에 없던 건데? 어떤 육아서에서도 이런 대비를 하라고 한 적은 없다고!'

 "뭐라고? 윤호야, 넌 그 말을 어디서 들었어?"

애써 침착하게 질문하는 나를 향해 윤호의 입에서 이어 나오는 말들은 날 주저앉게 했다.

별그별 놀이터

"이 약은 중년 남성을 대상으로 인체시험을 하여 소변 속도 개선과 야뇨 개선 효과를 인정받은 것으로, 전립선 내의 혈관이 정상 역할을 하면서…….."

헛, 뭐지. 이건? 여덟 살이 아니라 쉰여덟 살인가?

나는 윤호의 이 알아들을 수 없는 약 선전에 웃음을 참을 수가 없었다. 웃다가 나는 거의 눈물을 흘리며 물었다.

"윤호야, 그건 또 뭐니?"

"바둑채널에서 선전할 때 나오는데, 바둑 끝날 때마다 나와서 듣다 보니 저도 모르게 저절로 외워졌어요."

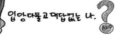

광고를 보면 그 채널을 누가 많이 보는지 알겠지?
윤호야, 너는 그때 미니카 선전을 하는
만화 채널을 봤어야 하나 봐.

뭐라고 대답
해야 하지 ???

입양다룰고 대답없는 나.

사용연령이 높은 장난감

진호가 방학 숙제를 열심히 하는 것이 기특하여 장난감을 하나 사
주기로 했다.
문방구에서 장난감을 찬찬히 고르던 진호가 물었다.

"엄마, 어른들도 장난감을 갖고 놀아요?"
"왜?"
"이 장난감은 제가 갖고 놀 수 없나 봐요. 45세 이상이라고 쓰여 있
어요."

장난감 포장용지에는 당연히 이렇게 쓰여 있었다.
'사용연령: 4-5세 이상'

"그럼 엄마도 못 갖고 놀겠구나. 아빠 드려."

45세 이상 사용 장난감.

별의별 놀이터

엄마는 소리꾼

요즘 세 녀석 모두 말을 진짜 안 듣는다.

한 번 말해서 듣는 법도 없다.

이럴 땐 세 녀석의 목소리를 합한 것보다 더 크게 외쳐야 한다.

이렇게 나의 목소리는 점점 커지고…….

별의별 놀이터

그들만의 놀이 세계는 대단한 방음효과를 자랑한다.

오늘의 식사는

토요일 오후.
피곤이 물려온다 ~ ~ ~
쉬고 싶다. ㅡㅡ;

아이들은 외식을 하자고 조른다.
꼼짝도 하기 싫다.
대충 먹으면 안 되나?

엄마, 점심에 뭐 먹을까요?

중식 ?   일식 ?   한식 ?

엄마는 말야,

때론 배불리 먹고 싶은 쉼.
休 . And.

별으별 놀이터

The Star brothers and sister

생활 속
학습마당

일상의 대화와 놀이에 숨어 있는
교과서 찾기

받아쓰기 빵점 사건

소미가 시무룩한 표정으로 말했다.

"엄마, 저 받침이 두 개 있는 글자를 잘 모르겠어요."

"그래? 그럼 주말에 엄마랑 같이 해보자."

소미는 유치원 가방에서 쭈뼛쭈뼛 받아쓰기 공책을 꺼내어 내민다.

"엄마, 저 받아쓰기 빵점 맞았어요.ㅠㅠ"

쓱 보니 받아쓰기 문제가 상당히 어려웠다. 자음 두 개가 하나의 받침으로 쓰이는 단어들을 모아 받아쓰기 시험을 보았던 모양이다.

앉다, 품삯, 밟다, 밝다, 많다……

"소미야, 괜찮아. 엄마도 빵점 맞은 적 있었어. 근데 그다음엔 열심히 해서 백 점 맞았다. 다 그러면서 배우는 거야."

"친구들은 다 90점, 100점 맞았단 말이에요. 잉~"

거짓말까지 보태며 소미를 위로했는데, 낙천적인 성격의 소미도 빵점은 어지간히 충격이었나 보다. 소미는 몹시 괴로워하며 책상에 팔을 얹고 얼굴을 파묻는 것이다.

나는 소미가 빵점 맞았다는 사실보다도 소미의 손상되었을 자존감을 어떻게 회복시키고, 어린 마음에 받았을 상처를 어떻게 감싸 안아주느냐가 중요하다고 생각했다. 그래서 어떻게 하면, 좀 더 쉽고 재미있는 한글공부로 이끌 것인가에 많은 고민을 하기 시작했다.

"소미야, 빵점 맞은 건 괜찮아. 하나도 창피한 일이 아니란다. 하지만 왜 틀렸는지 알려고 하지 않고 노력도 안 하면, 그게 정말 부끄러운 일이야. 엄마가 도와줄게. 다시 공부해 볼래?"

소미는 시무룩한 표정으로 고개를 끄덕인다.

"내일부터 엄마랑 같이 공부해 보자."

나는 소미를 안심시킨 후, 다독여서 재워 놓고 생각했다. 어떻게
소미의 자신감을 회복하여 줄 것인가에 대해.

별의별 놀이터

스토리텔링 맞춤법 공부

나는 소미 맞춤형 한글공부를 어떻게 하면 좋을지 주말 내내 궁리
했다.

고민 끝에 고안해 낸 방법은 이름 하여 '스토리텔링 한글공부'.

소미는 주말마다 나와 함께 받아쓰기 '공부'가 아닌 받아쓰기 '이야
기'를 시작했다.

"엄마가 이야기 하나를 들려줄게. 들어 봐!

한 농부가 있었어. 일이 너무 많아서 힘든 거야. 그래서 옆집 청년
한테 도와 달라고 했어. 대신 일한 만큼 '감자'하고 '사과'를 주겠
다고 한 거야. 그렇게 일의 대가로 받는 것을 '품삯'이라고 해. 청
년은 품삯으로 감자와 사과를 받았어. 감자는 'ㄱ'으로 시작하고.
사과는 'ㅅ'으로 시작하지? 자, '품삯'에서 '삯'의 받침은 뭘까?"

"기역하고 시옷이요."

"우와, 우리 소미 진짜 잘한다!"

"청년은 품삯을 많이 받으려고 열심히 일했어. 근데 리어카를 밀고 가다가 배추를 밟았지 뭐야. 리어카는 'ㄹ'로 시작하지. 배추는 'ㅂ'으로 시작한다. '밟다'는 받침이 무얼까?"

"리을하고 비읍이요."

자음의 음가는 확실하게 알고 있는 소미의 상태와 이야기 속에

별리별 놀이터

서 익히면 연상 작용에 의해 잘 기억되리라는 점에서 스토리텔링 방법을 시도해 보았다. 다행히 이 방법이 소미에게 잘 맞아서 소미가 재미있게 잘 따라 주었고, 자음이 두 개짜리 받침을 쉽게 익힐 수 있었다. 소미도 점점 자신감이 붙었는지 신이 나서 대답했다.

그다음은 문장 속에 괄호를 치고 직접 써 보게 하면서 문장을 완성시켜 보도록 했다. 이렇게 공부하니, 소미는 어느새 두 개의 자음으로 이루어진 받침을 다 익혔다.

후우, 애썼어.
받아쓰기 고시생 소미!

[문제] 알맞은 말에 동그라미를 치시오.

고속도로 휴게실에 가면 노릇노릇하게 구워진

호두과자와 호떡이 (① 많다 ② 않다, ③ 맞다.)

힌트가 되는 단어의 자음을 굵게 또는 다른 색을 칠해서 문제를
내면, 아이가 규칙에 따라 답을 찾을 수 있게 된다. 그렇게 익히
다 보면, 자음 두 개짜리 단어를 '외우는' 게 아니라 연상 작용에
의해 자연스레 '기억'하게 된다.

그렇게 소미는 자음 두 개짜리 받침을 재미있게 익혔다.
그리고 우리는 이날을 '빵점을 극복하는 날'이라 부른다.

And.

빵점의 유세

퇴근하며 들어오는 나를 반기며 '엄마' 하고 달려드는 소미.

"소미, 오늘 좋은 일 있었어?"

소미가 받아쓰기 공책을 내밀었다.
소미의 눈빛에서 자신감이 배어났다.

"우와, 90점 맞았구나. 잘했다. 글씨도 또박또박 잘 썼네!"

"정말 아깝게 틀렸어요. 100점 맞을 수 있었는데……."

못내 아쉬워하는 얼굴이 귀엽다.
"괜찮아, 소미야. 긴장해서 그럴 거야. 이것도 정말 잘했어."
나는 소미를 꽉 껴안아 주었다.

별의별 놀이터

"우리 소미, 어쩜 이렇게 받아쓰기를 잘했어?"
"그건 말이에요, 제가 빵점을 맞았었기 때문이에요. 그래서 공부를 어떻게 해야 하는지를 알게 되었거든요."

오늘의 점수가 지난주의 빵점 덕택이라는 소미.
빵점 맞았다고 고개 푹 숙이고 눈물 뚝뚝 떨어뜨리던 며칠 전의 모습이 생각났다.

엄마는 말이야, 네가 몇 점을 맞았느냐보다 더 중요한 게 있어. 네가 처음으로 좌절의 느낌을 맛보고, 그걸 이겨 내는 방법을 터득했다는 것이 중요하다고 생각하거든. 네가 웃는 걸 보니 기뻐. 고맙고 말이야.
엄마도 빵점 맞은 그 받아쓰기가 고맙고 소중해.
고맙다, 빵점 맞아서.

차 안에서 유익하게 시간 보내기

장거리 여행을 갈 때면, 아이들과 차 안에서 긴 시간을 보내는 것이 큰 숙제거리가 된다. 이럴 때는 차안에서 손쉽게 할 수 있는 놀이거리를 찾아, 나는 아이들이 지루함을 느끼지 않도록 해주려고 노력한다.

아이들이 지루하다는 투정을 잠재우는 데는 스마트폰만한 것이 없을 것이다. 휴대폰을 들고 게임에 몰두하는 순간, 아이들은 순식간에 조용해지고 시간 가는 줄 모를 테니까. 그러나 스마트폰을 쥐어 주면서 시간을 보내는 것은 아이들의 눈에는 물론 뇌 활성에도 좋을 리가 없다. 그렇다면 어떻게 하면 차 속에서의 시간을 유익하게 보낼까?

처음에는 끝말잇기, 중간 말 잇기 등의 놀이를 했는데, 한 가지만 하다 보면 단조로우니 다양한 방식의 놀이를 돌려가며 하는 것이

별의별 놀이터

좋을 것이라 생각되었다. 그래서 때로는 즉흥적으로 놀이를 몇 가지 만들기도 한다. 아이들도 차에서 함께했던 놀이를 재미있어 하면서, 잘 기억해 두고 있다가 차만 타면 하자고 한다. 놀이를 반복하면서 놀이의 규칙을 업그레이드하기도 하고, 새로운 놀이를 만들기도 했다. 그중에 몇 가지를 소개한다.

하나, 일반 시내 도로를 주행할 때는 간판이나, 도로 표지판에 자신의 이름에 들어 있는 음절을 찾는 게임이다. 자신의 이름과 같은 음절을 발견해서 그 단어를 읽으면 한 글자당 1점을 부여하는 게임을 하는 것이다. 윤호와 진호는 신호등 위에 있는 표지판 '신호 준수'가 있기 때문에 기본 점수는 따고 들어간다. 그렇게 창밖의 글씨들에 집중하다 보면, 지루할 틈이 없을 뿐만 아니라 아이

들의 어휘력과 관찰력도 함께 길러진다.

둘, 앞차의 번호판을 이용하는 놀이다. 차량번호 네 개의 숫자를 더하여 빨리 대답하는 사람이 이기는 게임이다. 처음엔 이렇게 단순하게 시작했다가 업그레이드를 한다. 네 개의 숫자에 사칙연산을 넣어 일정한 숫자가 나오게 만드는 것이다. 예를 들어, 앞차 번호가 '2518'이라고 가정하자. 이 네 개의 숫자와 사칙연산을 이용하여 '0'라는 답이 나오게 하라는 문제를 내는 것이다. 종이와 연필이 없더라도 구두로 답을 말하면 된다. 아이들이 머릿속으로 숫자와 사칙연산을 배열하면서 암산을 해보게 된다. '2+5+1−8=0'과 같은 식으로 답을 하면 되는 것이다.

이 경우, 어린아이들에게는 어려울 수 있으니 지나가는 차량번호를 크게 소리 내어 읽어 보게 하는 것만으로도 재미를 줄 수 있다. 또는 차량번호에 1씩 더해서 말해 보기를 해보는 것도 좋다. 차량번호가 '2518'일 경우 정답은 '3629'가 되는 것이다. 더하거나 빼는 숫자를 바꾸어 가며 해볼 수 있다. 이렇게 하다 보면 아이들이 공

별의별 놀이터

부가 아닌 놀이를 통해서 숫자 개념에 대한 순발력을 키울 수 있고, 실제로 연산 실력에도 많은 도움을 준다. 조카들과 차를 탈 때에도 이렇게 놀아 보곤 하는데, 아이들이 무척 흥미로워 하며 참여도가 매우 높다.

셋, 초성게임을 한다. 어떤 단어의 초성만을 들려주고 그 단어를 맞히게 하는 게임이다. 초성 게임을 하다 보면, 같은 초성을 가진 단어들이 생각보다 많다는 것에 놀랄 것이다. 그래서 재미있는 에피소드도 많이 생긴다. 아이들의 어휘력 향상과 연상력을 키우는 데 효과적이다.

넷, 돌아가며 이야기를 이어받아 하나의 동화를 완성해 보는 놀이다. 예를 들면, 내가 먼저 이렇게 시작을 한다. '어느 바닷가에서 소년과 소녀가 조개껍질도 줍고 모래성도 쌓으며 놀고 있었어.' 그 말에 이어 소미가 말하는 것이다. '소년과 소녀가 커다란 성을 다 완성할 때쯤 갑자기 파도가 밀려오는 거야.' 윤호는 일반적인 생각과 반대의 생각으로 이야기에 긴장감을 주는 문장을 많이 만든다. '그런데 소년은 파도를 피해 도망을 가지 않는 거야.'와 같이 말이다.

이처럼 그다음에 사건이나 현상의 이유를 생각해 볼 수 있도록 이야기를 이어 간다. 이러한 식으로 아이들과 이야기를 만들면 시간도 참 빨리 지나가기도 하지만, 그냥 흘려버리기엔 아까울 정도의 아름다운 동화가 완성되기도 한다. 아이들은 멋진 동화의 완성에 뿌듯해 하며 깊은 성취감을 느낀다.

때로는 함께 읽은 동화의 패러디 내지는 복합 형태의 이야기가 되어 한바탕 웃기도 한다. 〈금도끼 은도끼〉로 시작한 이야기가 〈선녀와 나무꾼〉으로 이어져 결론은 〈호랑이와 곶감〉으로 끝나는 경우도 있었다. 묘하게 연결되는 이야기의 이음새가 기발하여, 나는 감탄을 하며 웃는다. 어떤 때는 이야기를 이어 가다가 장난기가 발동한 아이들이 말도 안 되는 슈퍼 판타지 이야기를 만들어 내기도 하지만, 그 또한 즐거운 추억이 된다.

이야기를 이어 가는 동안 내 순서가 아니어도, '만일 나라면 어떻게 꾸며 볼까?' 하는 상상을 하게 된다. 순서가 된 사람이 만들어 가는 이야기를 들으면서 비교도 하게 되고, 나와는 다른 생각이 있을 수 있다는 것도 알게 되어, 좀 더 폭 넓은 생각을 키워 나갈 수 있다. 동화를 이어서 만드는 놀이는 폭넓은 사유와 문장력까지 기르는 좋은 놀이이다. 강추!

긴 시간 차 속에서 끙끙댈 일이 걱정이라면, 스마트폰 같은 것에 아이들을 내맡기지 말고 아이들과 함께할 수 있는 놀이를 찾아보면 어떨까. 물론 나도 스마트폰을 아이들의 손에 쥐어 주면 몸은 편하니까, 그런 유혹에 빠져들고 싶을 때가 아예 없는 건 아니다. 하지만 우리가 아이들과 이렇게 한바탕 웃고 떠들 수 있는 시간이 생각보다 그렇게 많지 않다. 이왕이면 아이들에게 즐겁고 유익한 시간을 선사하고 싶은 게 엄마의 마음이지 않은가.

나무꾼이 나무를 하다가
도끼를 연못에 빠뜨린 거야.

선녀가 금도끼, 은도끼, 쇠도끼를
들고 연못 밖으로 나왔어.

그런데, 선녀와 나무꾼이
첫눈에 반해 결혼을 했대.
예쁜 아기도 낳았지.

그 아기가 하도 울어서
호랑이가 온다고 했는데도
울음을 안 그치는 거야. 그런데
신기하게도 곶감을 준다고
했더니 아기가 울음을 그쳤대.

본질을 잃고 삼천포로 간 초성 게임

엄마가 문제 낸 차례지?

" ㅈㅌ "

힌트는, 어떤 사물을 드팅이 없이 바로 아는것을 뜻해.
또는 바르게 이어지는 계통을 말하기도 하지.

윤하는 눈이 뿌려뿌려 해지더니,
정답이든 확신하는 표정으로 자신있게 던지는 정답은,

자퇴 ♀

조퇴 ♂?

흑 ~~

어머어, 애들아,
엄마는 12년 개근했어.
조퇴도 한 번도 안했다구!
날 도대체 뭐로보구 ㅜㅜ

너희들 맞힐 때까지 해볼테야.
다시 힌트!

□□ 추어탕, □□ 아구찜,
여런식으로 쓰는 말이야.
우리 집에서도 자주 가지?

아~~~

알았다!!!   음~ 말해보렴

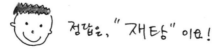

정답은, " 재탕 "이요!

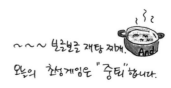

~~~ 보글보글 재탕 찌개.
And
오늘의 친형게임은 " 종료 "합니다.

인도의 인도로 인도하시오

"엄마, '인도'라는 말에는 여러 가지 뜻이 있어요."

한자에 한창 관심을 보이던 윤호가 '인도(人道)'의 뜻을 알았나 보다 생각하면서도 모르는 척 물었다.

"음, 엄마도 알겠다. 인도라는 나라가 있고, 또 뭐가 있어?"

"두 가지가 더 있어요."

나머지 한 가지는 뭔지 나도 몰라서 윤호의 답이 궁금해졌다.

"엄마, 차가 다니는 길은 차도이죠?
사람이 다니는 길은 '사람 인'자를 써서 인도라고 해요."

별의별 놀이터

"아, 그렇지. 그럼 또 하나는 뭐야?"

"오늘 '끌 인'자를 배웠는데요,
무언가를 이끄는 걸 '인도' 라고 한대요."

"아, 그렇지."

"엄마, 이렇게 말하면 재미있겠죠?
나를 인도의 인도로 인도하시오."

생활용어를 한자로 응용해 보기

인도로 오세요. ⓐnd

기우제

아이들과 목욕탕에서 따끈한 물을 받아 놓고 물놀이를 하고 있었다.
한참을 놀다 보니, 천장에 맺혀 있던 물방울 하나가 윤호의 머리 위로 뚝 떨어졌다.

"엄마, 목욕탕이 새나 봐요."
"엄마, 목욕탕에서 비가 내려요."

아이들은 천장을 보며 소란스러웠다.
에헴. 공대 나온 엄마의 과학수업은 시작되고.

"얘들아, 왜 물이 떨어졌는지 궁금하니?"

"네."

별으별 놀이터

"자 그럼, 천장을 봐. 물방울이 맺혀 있지?"

"네."

의외로 아이들은 내 말에 귀를 기울이고 집중하며 듣는다.
나는 신이 나서 설명을 시작한다.

"뜨거운 공기는 가벼워서 위로 올라가고 싶어 해. 너희들이 몸을
담그고 있는 이 뜨거운 물이 공기를 따뜻하게 해준단다. 따뜻해진
공기가 천장에 올라갔는데, 거기는 차가운 공기가 있었던 거야.
그런데 따뜻한 공기는 찬 공기를 만나면 물이 된단다. 그렇게 생
긴 물이 한 방울, 두 방울 맺혀 있다가 천장에 매달려 있을 수 없
을 만큼 무거워지면 아래로 떨어져. 그래서 천장의 물이 너희들
한테 떨어진 것이지. 이게 구름이 만들어지고 비가 내리는 원리와
같단다. 어때? 신기하지?"

나는 다섯 살 윤호와 세 살 진호를 데리고 열심히 설명을 했다. 아이들이 물의 순환의 원리를 정확하게 이해하지는 못할 것이다. 다만, '이러한 설명을 통해 아이들은 주변에서 일어나는 현상에 좀 더 관심을 갖게 되지 않을까?' 하는 바람으로 나는 기회가 될 때마다 내가 아는 상식만큼 설명을 해준다.

며칠 후, 마당에서 아이들이 대야에 물을 받아 놓고 쭈그리고 앉아 있기에 뭐하느냐고 물었더니, 구름을 만들고 있는 거란다. 햇볕을 받아 물이 따뜻해져서 하늘에 닿기를 바라고 있다고. 그래야 비가 올 것이고, 정원의 꽃들이 목마르지 않을 것이라고.

큭. 세숫대야의 물로 어느 세월에 비가 올꼬?
대야의 물을 화단에 뿌려 주는 게 꽃에 물 주기에는 더 손쉬운 방법일 테지만, 엄마가 설명해 준 물의 순환원리를 직접 실험해 보는 아이들의 관심이 대견했고, 마당의 꽃이 목마를까 봐 안타까워하는 아이들의 따뜻함에 내 마음의 꽃밭이 촉촉해졌다.

별리별 놀이터

얘들아, 너희들 성공했어. 너희들이 대야 앞에서 쪼그리고 앉아 있는 모습을 보니, 엄마 눈에 이슬이 맺힌단다. 눈에 구름이 생겼 는지 온통 촉촉하네?

빗물 아니고 눈물이 나려 해.

작용과 반작용

윤호와 진호가 장난감을 서로 갖고 놀겠다고 다툼이 일어났다. 서로 질세라 장난감의 양쪽을 꽉 잡고는 놓지 않는다.

"진호야, 형님 먼저 놀고 나서 갖고 놀면 안 되겠니?"

진호는 내 말에 아랑곳하지 않고 더 힘을 주어 장난감을 당겼다.

"윤호야, 네가 양보하면 안 될까?"

그래도 형이라고 윤호는 나의 이 말에 마음이 약해져서 양보해 보려는 표정이다. 한편으로는 양보하자니 약이 오르기도 한 모양이다. 장난감을 곱게 놓아 주지 않고 세게 잡아당겼다가 갑자기 확 놓아 버리는 것이다. 그러자 진호가 뒤로 벌러덩 넘어지면서 엉덩방아를 찧게 되었다.

벌리벌 놀이터

"형님이, 저를 밀었어요."
하면서 진호가 울상을 지었다.

"내가 언제 밀었어? 장난감을 양보해 주었는데도 고마운지 모르고 억
지만 피우면서 네가 혼자 넘어졌잖아! 엄마, 저는 정말 억울해요."
윤호가 격하게 항변을 했다.

"진호야, 형님이 밀었어? 엄마도 보았는데 밀지는 않았잖아. 그렇
지? 그리고 윤호야! 윤호가 일부러 그러지는 않았지만, 이왕 양보하
는 건데 좋은 마음으로 했다면 이런 일이 없었을 거야. 윤호가 장난
감을 세게 잡아당겼다가 갑자기 놓으니까 진호가 넘어지게 된 거야.
너희들 둘 다 서로 잘못이 있어. 서로에게 사과해."

"미안해."
둘은 잘못했다며 시무룩하게 말을 건넨다.

이 타이밍에서 놓칠 수 없지. 엄마의 설명 본능이 꾸물꾸물 올라
왔다.

"그리고 말이야, 너희들 반성하는 거 같아서 알려 주는 건데, 그런 것을 '작용과 반작용'이라고 해. 줄다리기 할 때도 서로 팽팽하게 힘 겨루기를 하다가 한쪽이 갑자기 놓으면 상대편 사람들이 우르르 넘어져서 다치게 되는 거 알지? 그러니까 윤호가 밀지는 않았어도 진호가 넘어진 것에는 조금의 책임이 있는 거야. 알겠니?"

이렇게 수다스러운 엄마의 과학 설명이 시작되면, 아이들은 귀를 기울이느라 언제 싸웠는지를 잊고 나도 혼내려 했던 엄마의 역할을 잊고 과학 선생님 모드에 몰입하고 만다.

한참을 듣던 아이들은 '때는 요 때다' 싶은지, 이렇게 소리치고 다시 장난감을 갖고 논다.
"엄마, 다음부터 조심할게요!!!"

엄마는 수다쟁이

벌리벌 놀이터

반짝반짝 별의별 생각 | (관성의 법칙)

볕이 좋은 주말, 나는 마당에 이불을 널고 긴 막대기로 이불을 치면서 먼지를 털고 있었다.
그런 나를 바라보던 소미가 묻는다.

"엄마, 이불을 꽉 붙들고 있던 먼지가 이불을 떠나가네요. 막대기로 맞으면 아프니까 도망가나 봐요."

와, 정말 기발하다. 이불을 털면서 나는 한 번도 그렇게 생각해 본 적은 없는데 말이다.
아이들이 바라보는 세상은 참 재미나다.

다른 때 같으면 나는, '이건 말이야, 일종의 관성의 법칙이란다. 이불의 먼지는 그대로 있으려고 하는데, 이불을 쳐서 뒤로 움직이니까 먼지는 그대로 있다가 아래로 떨어지는 거란다. 차를 타고 갑자기 급정거하면 몸이 앞으로 쏠리는 것과 같은 원리이지.'라고 말했을지도 모르겠다.

그러나 이날만큼은 이렇게 낭만적이지 않은 말로 소미의 시적인 표현을 덮어 버리고 싶지 않았다.

소미의 말을 들은 나는 이렇게 말하면서 이불을 털었다.

"먼지 녀석, 더 맞고 싶지 않으면 알아서 떨어져!"

이 말에 소미는 깔깔대며 웃었다. 그 순수한 웃음에 나도 덩달아 같이 웃었다.

And.

반짝반짝 별의별 생각 2 (극과 극은 통한다)

아이스크림 케이크에 들어 있는 드라이아이스를 만져 보던 윤호가 묻는다.

"엄마, 아이스크림이 안 녹게 하려면 차가운 걸 넣어야 하는데, 왜 이렇게 뜨거운 걸 넣어요?"

"윤호야, 언젠가 네가 한의원에서 뜸을 뜨면서 말했지? 너무 뜨거우니까 차갑게 느껴진다고 말이야."

"네, 맞아요. 진짜 신기하게도 진짜 뜨거운데 차가웠어요."

"드라이아이스도 마찬가지야. 드라이아이스는 너무 차가워서 뜨겁게 느껴지는 거란다."

"아, 그렇군요."

그러더니 윤호가 한마디를 덧붙인다.

"엄마, 진호가 너무나도 사랑스러운데 어떤 때는 너무
얄미울 때가 있어요. 이것도 같은 원리인가요?"

사랑과 미움은 하나의
나무에서 자란다. And.

반짝반짝 별의별 생각 3 (빨래 속의 과학)

마당에서 빨래를 널고 있었다. 윤호와 진호도 돕겠다면서 내 옆에서 양말을 널어 주었다. 하나하나 반듯하게 펴서 널고 있는 모습이 제법이다.

"오늘은 볕도 좋고 우리 아들들이 도와줘서 빨래가 잘 마르겠구나."

그러자 윤호가 질문한다.

"엄마, 어떤 날씨에 빨래가 잘 말라요?"

그러자, 소미가 학교에서 배웠다며 말한다.

"햇볕이 쨍쨍하고, 바람이 많이 부는 날에 빨래가 잘 말라.
엄마, 그렇죠?"

"와~ 소미가 정말 제대로 알고 있네! 근데 왜 햇볕이 쨍쨍하면 빨래가 잘 마를까?"

나는 아이들에게 증발의 원리와 공기의 습도에 대해서 설명하려
던 참이었다. 그런데 나의 질문에 양말을 펴서 건조대에 걸치던
진호가 대답을 했다.

"햇볕이 쨍쨍하면 하늘도 목마르니까 빨래에 있는 물을 빨아 먹
는 거라고!"

아, 맞네. '하늘이 목마르다'는 표현이 어쩜 그리도 사랑스러운지, 나
는 빨래를 너는 내내 웃음을 머금고 하늘에게 물을 마시게 해주었다.

풍선 배구

겨울이라 밖에 나가서 운동하기도 어렵고, 아이들은 에너지 발산
이 필요한 시기. 땀을 흘리고 싶은 욕망에 몸이 근질근질.

경기종목 : 풍선 배구

운동선수 : 남편, 윤호, 진호

경기 규칙 : 땅에 닿기 전에 풍선을 쳐서 상대팀 쪽으로 넘기기.

경기 용어 : 칼치기, 슈퍼손, 강스파이크, 돌려막기, 폭포찍기

주의사항 : 아들 둔 아빠는 스포츠맨이 되어야 한다.

　　　　　그리고 승과 패를 적절히 배분하여,

　　　　　아이들의 토라짐을 유발하지 않도록 해야 한다.

경기의 장점 : 경기자가 자체 발열체가 되어 난방비 절대 감축

　　　　　겨울 건강에 특효

　　　　　아빠와 아이들의 친목 도모

　　　　　제반 비용 zero

　　　　　　　　　　　　　　　　　　　　　　별리별 놀이터

풍선 불어서 툭툭 치며 거실에서 놀다가 풍선 배구를 해보기로 했다. 실제 배구에서 사용되는 용어를 알려 주기도 하고, 우리만의 용어를 만들어 사용해 보기도 한다. 배구의 실제 규칙을 가미해 가면서 하면 더욱 효과적이겠다 싶어서, 우리는 그렇게 풍선 배구를 하기로 했다.

지금은 친선 포옹 중 And.

생활 속 구구단을 찾아라

소미가 구구단 외우는 것을 보며, 구구단 외우기를 시도한 윤호.

'삼일은 삼'이라고 한 다음, '삼이는……'이라고 하는 동안 3을 더해서 '6'이라고 말하고, '삼삼은' 하는 동안 6에 3을 더해서 '9'라고 말하며, 구구단을 빠른 덧셈 공부로 해가고 있는 윤호.

무작정 외우는 것보다 덧셈이 모여 곱셈이 되었다는 원리를 자연스레 응용해 가는 것이 좋은 방법이라 생각되어, 나는 윤호에게 덧셈할 시간을 주며 기다렸다.

"윤호야 삼팔은?"

"엄마, 삼칠이 뭐였죠?"

별의별 놀이터

앞에 숫자가 무엇인지 알아야만 다음을 알 수 있는 구구단. 윤호와 함께 해보니 이렇게 하는 것도 나쁘지 않겠다 싶었다. 그래서 덧셈 연습이라 생각하며 내친김에 4단까지 해보았다.

5단은 다른 재미있는 방법이 없을까 생각을 하다가, 생활 속에 구구단이 있다는 것을 알려 주고 싶었다.

"윤호야, 사실 구구단은 윤호가 매일 보는 것들에 숨바꼭질 하듯이 숨어 있단다. 윤호가 한번 찾아봐!"

"엄마, 힌트를 주세요. 너무 어려워요."

"힌트는, 째깍 째깍!"

한참을 생각하던 윤호가 눈을 반짝이며 말했다.

"엄마, 재미있는 걸 발견했어요."

"뭔데?"

"시계를 발명한 사람은 5단을 좋아했나 봐요.
보세요. 긴바늘이 1에 가면 5분, 2에 가면 10분, 5씩 커지죠?"

"맞았어. 시계에는 구구단 5단이 들어 있어."

"엄마, 구구단은 또 어디에 숨어 있어요?"

"윤호야, 그렇다면 달력에는 몇 단이 들어 있을까?"

"7단이요."

"19단을 보면 재미있는 규칙이 있다. 찾아볼래?"

"십의 자리의 숫자는 2씩 커지고, 일의 자리는 1씩 작아져요."

별의별 놀이터

"그렇게 규칙을 찾으면 구구단이 쉬워진단다."

* 마음 정원의 깨알 발언

이렇게 구구단을 접하게 되면, 숫자의 규칙을 찾아내는 능력이 향상된다. 거창한 연결일지도 모르지만 고등학교의 수열을 하는 데에도 도움이 된다. 어린아이를 가르쳐야 하는 독자들은 꼭 한번 해보기를 권한다.

나는 구구단의 원리도 모른 채 '이일은 이, 이이는 사, 이삼은 육……' 이렇게 무작정 외운 세대이지만, 아이들에게는 그런 방식을 답습하게 하고 싶지 않다. 알고 보면 수학을 재미있게 할 수 있는 방법들이 참 많기 때문이다.

중·고등학교 시절, 필요도 없는 수학을 왜 배워야 하느냐는 의문을 안고 풀리지 않는 수학문제 앞에서 투덜거린 경험들이 다들 한 번쯤은 있을 것이다. '국, 영, 수'라는 이름 아래 그토록 삼대 과목 중 하나임을 자랑하면서도 그 쓸모를 찾지 못한 수학.

나는 수학자는 아니지만 수학을 좋아하는 사람으로서, 수학의 논리와 원리가 우리를 얼마나 편리하게 해주는지를 아이들에게 알려 주고 싶었다. 수학이 우리 생활 속에서 어떻게 응용되고 있는지를 함께 찾다 보면, 우리가 모르고 지나쳤던 재미있는 원리를 주변 곳곳에서 발견할 수 있다. 덧셈을 알 때보다 곱셈을 알면 더 신속하게 일을 처리할 수 있다는 그 원리를 아이들 스스로 알아 가도록 유도한다면, 수학이 결코 어렵고 불필요한 것으로만 느껴지지 않을 것이라 생각한다.

생활 속에는 수학도, 과학도, 음악도, 미술도 있다. 모든 과목은 엄마와의 대화, 엄마와의 놀이 속에서 시작되는 게 아닐까.

🎵 구구단을 외자~ ♪~ And
생활의 발견.

OCTOBER. 10

SUN	MON	TUE	WED	THU	FRI	SAT
			1	2	3 개천절	4
5	6	7 7×1=7	8	9 한글날	10	11
12	13	14 7×2=14	15	16	17	18
19	20	21 7×3=21	22	23	24	25
26	27	28 7×4=28	29	30	31 서울의 마지막	

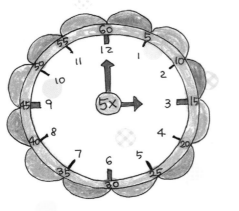

5×

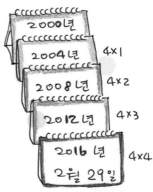

2000년

2004년 4×1

2008년 4×2

2012년 4×3

2016년 4×4
2월 29일

땅따먹기 놀이 속의 수학

신종플루로 실내 놀이를 찾아 놀아 보았지만, 점점 신선한 맛도 없어졌다. 계속 놀기만 할 수도 없고, 아이들에게 새로운 원리를 알려 줄 수 있는 놀이는 없을까 생각하다가 이 정도면 하루를 재미있게 놀 수 있겠다 싶은 놀이가 있었으니, 그건 바로 '땅따먹기'.

그러고 보니, 요즘 아이들이 땅따먹기 놀이 하는 것을 본 적이 없다. 이 놀이는 모래에서는 할 수 없고 평편한 땅에서 해야 한다. 요즘에는 그런 공간도 많지 않고, 환경오염으로 수족구의 위험도 있어 아이들이 땅에서 놀 수 있는 기회가 많지 않다 보니 땅따먹기를 할 기회가 없지 않았나 싶다.

이 놀이가 얼마나 재미있는데, 그리고 얼마나 많은 수학의 원리를 갖고 있는데, 아이들이 접해 보지 못하고 있다는 사실이 몹시 아쉬웠다. 그래서 어떻게든 이 놀이를 이번 기회에 접해 주어야겠는

별의별 놀이터

데, 밖에 나갈 수는 없고 어떻게 할까?

그래, 이러면 되겠다.

전지 네 장을 거실 바닥에 붙이고 연필과 지우개 그리고 자를 인원수만큼 준비했다. 출발 지점에 지우개를 놓고 툭 밀듯이 쳐서 멈추는 곳이 도착지가 된다. 출발점부터 도착점까지 자를 대고 이어 하나의 선분을 만든다. 세 개의 선분으로 자기 땅에 다시 되돌아와야 땅을 획득하는 것을 규칙으로 하여 각자의 땅을 넓혀 가도록 했다.

아이들은 무척이나 재미있어 했다. 윤호는 자기가 '광개토대왕'이라면서 땅을 많이 차지하겠다는 의욕에 불탔다. 아이들은 욕심을 부리며 멀리까지 지우개를 밀다가 자기 땅으로 다시 못 들어와서 순서만 그냥 지나쳐 보내기도 했다.

이렇게 놀다 보니 아이는 점과 점을 연결하면 선분이 되고, 세 개의 선으로는 삼각형을 만들 수 있다는 것을 자연스레 알게 되었다. 놀이가 계속되는 동안 비정형의 도형들이 전지를 메우고 있었다. 아이들의 웃음이 거실 가득 채워진다.

별의별 놀이터

누워서 떡 먹기는 어렵다

윤호가 블록으로 비행기를 만들고 있기에, 내가 다가가서 말했다.

"와, 윤호 엄청 잘 만드네. 어렵지 않았어?"

"뭘요. 누워서 떡 먹기죠."

그러자 진호가 핏대를 세우며 반박한다.

"아니야, 형님! 내가 누워서 떡 먹어 봤거든.
근데 정말 어려워."

이 말을 듣고, 윤호가 다시 말한다.

"엄마, 그럼 정정할게요. 이건 누워서 떡 먹기보다 쉬워요."

속담의 과잉 응용

윤호와 진호가 서로의 잘못이라며 말다툼을 한 모양이다.
갑자기 윤호가 나더러 하는 말.

"나 참, 엄마! 저는 겨 묻은 개예요."

"윤호야, 그게 무슨 뜻이야?"

"글쎄요, 진호는 지가 더 잘못해 놓고 제가 더 잘못했다고 우기잖아요. 똥 묻은 개가 겨 묻은 개를 탓하고 있는 격이라고요."

속담 풀이 책에 한참 관심 갖고 있는 윤호는 속담을 써서 상황 설명을 하고 싶었나 보다. 그러나 윤호의 이 발언에 속담인 줄 알 길 없으나 눈치는 빠른 진호, 가만히 있을 리 없다.

"뭐야, 형님은 지금 나보러 똥이라고 놀린 거야? 내가 그렇게 더러워? 그런 심한 욕을 지금 나에게 할 수 있어? 엄마, 저는 정말 억울해요."

"억울할 것 없어. 다 손바닥도 마주쳐야 소리가 나는 법. 둘 다 똑같네, 뭘."

"저는 형을 손으로 때린 적이 없어요. 아후~ 억울해."

"진호야, 그게 아니고……."

"치— 엄마는 형님 편이죠? 둘이서 나를 같이 놀리고……."

윤호야, 왜 괜히 속담은 써서 엄마를 이리도 곤란한 지경에 이르게 했니?

속담을 남용하지 맙시다. 네용 ^^ and

마찰력과 훼방꾼의 차이

요즘 과학그림책에 푹 빠진 진호.
오늘은 마찰력에 관한 책을 읽었다.

"진호야, 마찰력이 뭔지 엄마한테 설명해 줄 수 있어?"

"음……. 그러니까 물체가 가는 것을 방해하는 힘이에요."

"어떻게 알아? 그 힘이 보이지도 않는데?"

"음……. 그러니까 형님이 밖에 나가려고 하는데, 제가 발목을 붙들면 앞으로 나가지 못하잖아요. 그게 바로 마찰력이라고 하는 거예요."

책에는 이렇게 쓰여 있었다.

'마찰력이란, 물체가 움직이려는 방향과 반대로 작용하여 물체가
움직이는 것을 방해하는 힘.'

one money

윤호가 공책을 내밀며
영어로 만화를 그려 보았으니 읽어 봐 달란다.

그 적은 글밥 속에 스펠링과 문법 틀린 곳이 많았지만,
영어로 대사를 써 볼 생각을 했다는
그 시도가 기특해서 하나하나 읽어 보았다.

"여기에 'This is a growing.'
이라고 쓰여 있는 건 무슨 뜻이니?"

"그건 '나무가 쑥쑥 자라요' 란 뜻이에요."

(a는 빼야겠지? 크 크. 꿈보다 해몽이라더니 윤호 해석이 참 거창하다.)

별리별 놀이터

아래 가운데 하늘색 옷 입은 남자는
"one money"라고 하고 있는 것이라고 했다.

"윤호야, 그게 무슨 뜻이야?"

"힌트는요, 이 남자는 거지예요."

"아……."

"한 푼 줍쇼! 하는 거예요."

* one money = 한 푼 줍쇼 (윤호의 새로운 해석)

And.

진호의 성은 '십'

진호는 글씨를 배우기 시작한 다섯 살부터 여섯 살까지 이름을 이렇게 썼다. 10 진호

소미와 윤호는 진호를 놀리면서 '십진호'라고 불렀다.

아이들은 글씨 쓰는 순서나 글씨 모양을 어른들이 생각하는 것과는 다른 체계로 받아들이는 경우가 많다.

한참을 '이' 씨임을 거부했던 진호가 일곱 살이 되어서는 제대로 썼다.
그런데 이번엔 획순에 대한 새로운 개발을 하고 있었다.
'ㅎ'을 쓰는 순서가 올라갔다 내려갔다 하는
것이다.

별의별 놀이터

나는 많은 아이들이 '호'자를 이러한 순서로 쓰는 것을 보아 왔기에 대수롭지 않게 생각했다. 바른 순서를 알려 주기는 하였으나 강요하지는 않았다. 윤호도 유치원 다닐 때는 'ㅎ'이나 'ㅊ'을 쓸 때 위에 꼭지를 꼭 맨 나중에 썼는데, 초등학교에 들어가니 제 순서를 찾았기 때문이다.

물론, 글씨를 쓰는 순서가 중요하지 않다는 것은 아니다. 바른 획순에 맞게 쓰면 글씨도 예쁘게 쓸 수 있으니, 이왕이면 글씨를 쓰는 바른 순서를 익히면 좋을 것이다. 그러나 글씨 쓰는 순서에 너무나 치중하다 보면 아이들의 글씨 쓰는 흥미가 감소한다든지, 아이들이 글씨 쓰기에 거부감을 갖게 될 우려가 있다. 또한 글씨 쓰기에서 중요한 다른 면들을 놓칠 수도 있다. 아이들의 글씨 쓰는 순서는 때가 되면 대체적으로 자리를 잡게 되니 글씨 쓰기 순서에 대한 지나친 지적은 피하는 게 좋다고 생각한다.

혹시 내 옆의 아이가 글씨 쓰는 순서가 엉망이라 답답하더라도 많은 유아들이 'ㅎ'을 'ㅇ'부터 쓴다는 사실을 알아두고 받아들이면 어떨까? 아이들에게는 그들만의 세계가 있음을 인정하면, 바르게 쓰라고 혼내며 답답해할 필요가 없을 것이다. 제대로 쓰는 때가 다 오느니!

어느 날 우연히 연예인의 자녀들이 나와서 이야기하는 프로그램을 보는데, 그 프로그램에 출연한 여덟 살 아이가 공부 중에 가장 어려운 것이 뭐냐는 질문에 이렇게 답을 하는 것이다.

"저는 아직도 왜 히읗을 쓸 때 이응을 먼저 쓰면 안 되는 건지 잘 이해가 되지 않습니다."

깐따라비아 별에서는 이렇게 써. An🖊

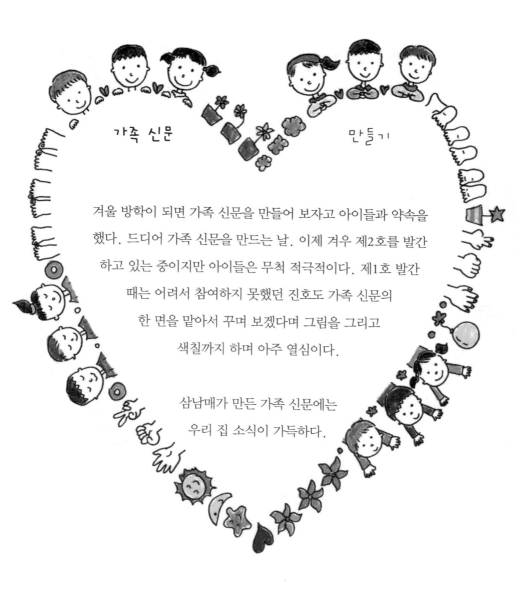

가족 신문 만들기

겨울 방학이 되면 가족 신문을 만들어 보자고 아이들과 약속을
했다. 드디어 가족 신문을 만드는 날. 이제 겨우 제2호를 발간
하고 있는 중이지만 아이들은 무척 적극적이다. 제1호 발간
때는 어려서 참여하지 못했던 진호도 가족 신문의
한 면을 맡아서 꾸며 보겠다며 그림을 그리고
색칠까지 하며 아주 열심이다.

삼남매가 만든 가족 신문에는
우리 집 소식이 가득하다.

생활 속 학습마당

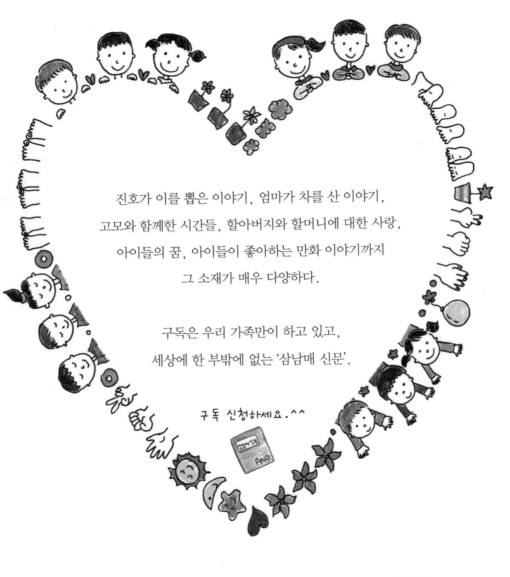

진호가 이를 뽑은 이야기, 엄마가 차를 산 이야기,
고모와 함께한 시간들, 할아버지와 할머니에 대한 사랑,
아이들의 꿈, 아이들이 좋아하는 만화 이야기까지
그 소재가 매우 다양하다.

구독은 우리 가족만이 하고 있고,
세상에 한 부밖에 없는 '삼남매 신문'.

구독 신청하세요.^^

The Star brothers and sister

사랑 가득한

마음정원

아이들과 함께 만들어가는

사랑 가득한 시간

별 삼남매 (아이들과 잠자리에 누워서 함께 만든 이야기)

하늘에는 별들이 반짝 반짝 빛나고 있었어. 그런데 다른 별들은 하얗게 빛나는데, 별 세 개만 알록달록 빛깔을 갖고 있는 거야. 빨강, 파랑, 노랑 빛을 띤 별들에게 하얀 별들이 물었어.

"너희들은 왜 색을 갖게 되었니?"

그래서 가장 큰 빨간 별이 이야기를 시작했단다.

나는 우리 셋 중 가장 큰누나야. 파란별과 노란별은 내 동생인데, 우리는 숨바꼭질 놀이를 무척 좋아해. 우리는 밤마다 숨바꼭질을 하면서 놀아. 노란별 동생은 술래를 하기에는 너무 어려서 나나 파란별이 술래를 하면서 놀았지.

그런데 하루는 노란별이 자기도 술래가 되어 누나와 형을 찾아보고 싶다는 거야. 그래서 그날은 노란별이 술래를 하기로 했지. 나와 파란별은 노란별이 처음 술래를 하는 거니까 노란별이 찾기 쉬운 곳에 숨자고 약속을 했어.

우리는 노란별이 주로 숨었던 곳에 숨었어. 나는 할아버지 방의 이불장 속에 숨었고, 파란별은 식탁 밑에 엎드려 있었지.

노란별은 술래가 되었다고 신이 나서는 벽에 얼굴을 대고 숫자를 세기 시작했어.
"누나, 형, 내가 열까지 셀 테니까 그동안 숨어."
"하나, 둘, 셋, 넷, 다섯, 다섯, 다섯……."
이상하게도 노란별은 계속 다섯만 하는 거야.

아차, 노란별은 다섯까지밖에 못 세는데 평소 우리가 하던 대로 열까지 세 본다고 한 거야.
나는 이불장에서 나와, 노란별에게 열까지 세는 것을 알려 주었어. 신기하게도 노란별은 다섯까지 세는 걸 배울 때보다도 쉽게 열까지 세는 것을 배우게 되었어. 노란별은 정말 술래를 하고 싶었던 모양이야.

"누나, 형, 내가 열까지 셀 동안 얼른 숨어! 하나, 둘, 셋, 넷, 다섯, 여섯 …… 아홉, 열! 이제 찾는다."

노란별 목소리에는 제법 큰 힘이 들어 있었어. 신이 난 노란별은 제일 먼저 할아버지 방으로 달려왔어. 할아버지 이불장은 노란별이 가장 좋아하는 숨기 장소니까 나를 금방 찾을 거 같았어. 숨을 죽이며 노란별이 오는 소리에 귀를 기울였는데, 내가 있는 이불장을 그냥 지나치는 거야. 한참을 기다려도 이불장 문을 안 열기에, 내가 살짝 문틈으로 보니까 노란별은 서랍도 열어 보고 침대 밑도 들춰 보고 그렇게 열심히 날 찾고 있었어. 그러다가는 힘이 빠졌는지, 후다닥 주방으로 가버리는 거야.

'식탁은 뻥 뚫려 있으니까 파란별을 쉽게 찾을 수 있겠지?' 하고 생각했는데, 노란별은 파란별을 보지 못했나 봐. 노란별은 식탁

별의별 놀이터

을 지나쳐서 주방 저 끝에 있는 싱크대 문을 다 열어 보고, 심지어는 냄비 뚜껑을 다 열어 보는 거야.

파란별과 나는 노란별을 기다리다가 잠들어 버렸지 뭐야. 우리를 찾는 데에 지쳐 버린 노란별도 거실에서 잠이 들었던 모양이야. 그렇게 날이 밝았어. 우리는 함께 있고 싶어서 주변을 두리번 거리며 서로를 찾아보았지만, 모두 햇빛이 밝아서 서로를 볼 수가 없었어. 그때는 우리도 너희들처럼 색깔이 없었거든. 날이 밝기 전에 서로를 찾았어야 했는데, 너무 오랫동안 깊은 잠에 빠진 바람에 날이 새는 줄도 몰랐던 거야.

노란별이 잠에서 깨어나 파란별과 내가 보이지 않자, 훌쩍훌쩍 울기 시작했어. 그 소리를 따라 겨우 겨우 노란별이 있는 곳으로 찾아갔어. 파란별도 소리를 따라와서 우리는 다시 함께 만날 수 있었어. 우리는 떨어져 있을 때보다는 덜 두려웠지만, 그래도 서로가 보이지 않아 답답하고 무서웠어. 그래도 나는 용기를 내어서 동생들을 다독거렸지.

"누나가 있으니까 걱정하지 마. 울지 말고 기다리자. 다시 밤이 되면 우린 서로를 볼 수 있을 거야. 그때 다시 숨바꼭질 하자. 알았지?"

그랬더니 파란별이 제안을 하나 했어. 밤이 올 때까지 소원을 빌어 보자는 거야. 파란별의 소원은 해님이 있을 때도 우리가 서로를 알아볼 수 있게 색깔을 가진 별이 되는 거였어.

우리는 밤이 될 때까지 함께 기도했지.

"태양님, 저희들에게 색깔을 주세요. 저에게는 사과처럼 빨간색을 주시고요. 둘째에게는 바다처럼 파란색을 주시고, 막내에게는 개나리꽃처럼 노란색을 주세요."

백 번을 기도하고 백여덟 번째 기도가 끝나자, 우리의 몸에서 점점 빛깔이 생기기 시작하는 거야. 정말 신기했어. 우리는 서로를 바라보면서 기쁨에 펄쩍펄쩍 뛰며 좋아했어.

별이별 놀이터

그렇게 우리는 기도했던 대로 각자에게 어울리는 빨간색, 파란
색, 노란색을 갖게 되었고, 이렇게 알록달록한 빛으로 세상을 비
추고 있단다. 낮에도 숨바꼭질을 하면서 말이야.

우리 아이들만의 동화을
만들어 주세요

스카이 포스

아이들과 함께 본 조조할인 애니메이션 〈스카이 포스〉.

영화를 본 후 기억에 남는 말이 있다는 윤호.

'인생은 멈추지 않고 나아가는 거야. 너 자신을 믿어!'
"저는 이 말이 감동적이었어요."

소미는 말한다.
"교훈적인 영화라고 해서 재미없을 거라고 생각했는데, 교훈적이
어도 재미가 있을 수 있네요."

"아, 그래. 진호야, 너는 어땠니?"

"엄마, 저는 하늘을 날고 싶어졌어요."

별의별 놀이터

날아라, 삼남매 이 모 씨 이야기

진호야, 좀머씨 이야기를 읽은 거니?

And.

달님 친구

진호와 저녁 산책을 마치고 집에 돌아오는 길.

진호가 자꾸만 하늘을 올려다본다.

"진호야, 넘어질라."

"엄마, 저 달님은 저랑 놀고 싶은가 봐요. 아까부터 계속 저를 졸졸 따라와요."

"아, 진짜로 그러네?"

"엄마, 달님이랑 놀아 주고 싶기는 한데 너무 늦어서 달님을 우리 집에 데려가서 놀 수는 없겠죠?"

별의별 놀이터

달을 올려다보며 내 손을 꼭 잡고 있는
네 살배기 진호의 손이 참 따뜻하다.

엄마는 뭐가 무서우세요?

"엄마, 엄마는 세상에서 뭐가 가장 무서우세요?"

진호가 설거지 하는 내 옆에 와서는 갑자기 뭐가 무섭냐고 묻는다.
나는 진호가 왜 이런 질문을 하는지 몰랐지만, 그래도 대답을 했다.

"음……, 생각해 본 적이 없네. 근데 엄마는 특별히 무서운 건 없어."

"아, 진짜 안타깝다. 엄마가 무서운 게 있다면 좋을 텐데……."

나는 진호가 나를 놀려먹으려다가 실패해서 안타까워하는 줄 알
았다.

"진호, 너 말이야. 엄마가 무서워하는 거 말해 주면 그걸로 엄마
놀려 주려고 그러는 거지?"

별의별 놀이터

나의 말에는 대답도 안 하고 나보러 진호가 시범을 보이며 혀를 앞으로 쭉 내밀라는 것이다. 설거지를 하다 말고 이게 무슨 시추에이션? 그래도 나는 진호를 따라 혀를 앞으로 쭉 내밀었다. 그런 나를 한참 동안 바라보고 있던 진호가 컵에 물을 따라와서는 마셔보라며 이렇게 말을 한다.

"엄마, 정말 어렵네요. 엄마가 설거지 하시면서 자꾸 '딸꾹, 딸꾹' 하시기에 딸꾹질을 멈춰 드리려고 했는데……. 엄마가 무서워하는 게 있었더라면 제가 엄마 딸꾹질 멈춰 드릴 수 있었을 거예요."

진호의 실망스러운 표정이 내 눈에는 어찌나 귀엽던지.
아, 그랬구나. 진호는 딸꾹질하는 나를 보고 안타까워서 어디선가 들은 딸꾹질 멈추는 방법을 나에게 적용하고 있었던 것이다.

고마워, 진호야. 이렇게 사랑스러운 진호가 엄마 옆에 있어서, 엄마는 무서운 게 하나도 없어.

And.

달려라 윤호

윤호가 다니는 어린이집에서는 가을이 되면 가족운동회를 크게
연다.
윤호는 새 학기가 시작되는 날부터 이 운동회 날만을 손꼽아 기다
린다. 그 기다리고 기다리던 운동회가 일주일 남은 어느 날.

윤호가 저녁 먹고 공원에 나가자고 졸랐다.
달리기 연습을 해야 한다는 것이다.

올해는 반 친구들이 잘 달려서 이어달리기에 나갈 선수 선발 경쟁
이 치열하니 연습을 해야 한단다. 밤마다 스톱워치를 들고 출발
자세 연습까지 하는 윤호.

시간을 줄이려면 스타트가 중요하다며 스타트 연습에도 매진했다.

별의별 놀이터

2분 동안 달리고 15초 쉬고, 또 2분 달리고 15초 쉬고를 반복하여 무려 30분간 공원을 빙글빙글 돌았다. 매 순간의 기록을 적고, 다시 점검하는 윤호. 나는 얼떨결에 일주일간 그렇게 윤호의 러닝코치가 되었다.

드디어 운동회 날이 이틀 앞으로 다가온 어느 날.

어린이집 선생님한테서 전화가 걸려왔다.
윤호가 수영장에 가는 것을 무척 좋아하는데, 오늘 수영 프로그램에 참여하지 않았다는 것이다. 윤호가 혹시 어디 몸이 안 좋은지 걱정되어 전화를 했다고 한다.

"윤호야! 오늘 왜 수영장에 안 갔어? 선생님께서 전화하셨네?"

"운동회가 내일 모레잖아요. 이어달리기 때 최상의 컨디션을 갖기 위해 페이스 조절 차원에서 수영장에 안 갔어요."

나는 윤호의 이 말을 듣고 페이스(face) 조절이 안 되더라는(웃어야 할지 울어야 할지, 지면 어떻게 마음 달래 줘야 할지……).

별리별 놀이터

진지모드

형님따라쟁이
And.

가족 운동회 날

백팀 대 홍팀이 동점인 상태에서 마지막 하나 남은 게임은 어린이
이어달리기.
마지막 게임인 이어달리기에서 이겨야 팀이 승리를 거두는 상황
이었다.
괜히 내 마음이 두근두근 떨렸다.

각 팀의 주자는 6세 남아 2명, 여아 2명, 7세 남아 2명, 여아 2명
으로 총 8명.
이 중에서 윤호는 마지막 주자로 달리게 되었다.

릴렉스.
애들 운동회에서 나는 주책맞게 떨고 있는 건가?
내색하지 않으려고 애썼으나 꼭 쥐고 있는 손을 펴니 땀이 촉촉이
배어 있다.

별의별 놀이터

휘리릭! 경기 시작을 알리는 호루라기 소리가 들렸다.

윤호 팀의 앞선 주자들이 뒤처지기 시작하고, 네 번째 주자가 넘어지기까지 하여 상대팀과 상당한 격차를 두고 뒤처진 채로 달리고 있는 상태.

'에구! 우리 윤호 실망스러워서 어쩌나. 그렇게 연습을 했는데. 경기에서 지면 속상해 할 텐데 어떻게 달래 주나.'

나는 윤호 마음을 잘 달래 줄 수 있는 방법을 생각하느라 머리가 바쁘게 돌아가고 있었다.

드디어 윤호 차례.

3분의 1바퀴 정도가 뒤진 상태로 윤호는 바통을 건네받았다. 이기기가 불가능해 보이는 상태. 그러나 윤호는 포기하지 않고 상대팀 아이를 향해 있는 힘껏 달렸다. 윤호가 간격을 점점 좁혀 가는 모습이 보이자, 지켜보던 우리 팀 가족들은 응원의 환호성을 보냈다. 윤호는 상대팀 아이와의 간격을 거의 5미터로 줄였다. 하지만 결승점은 얼마 남지 않았다. 추월하기에는 절대적인 거리가 부족해 보여서 더 안타까운 상황이었다.

그런데 상대 아이가 결승 지점을 혼동하여 잠시 우왕좌왕 하게 된 것이다. 윤호는 때는 이때다 싶었는지 아랑곳하지 않고 계속 달려가 상대팀 아이를 제치고 가슴을 내밀어 먼저 결승 테이프를 끊었다.

와!!! 지켜보던 우리 팀 가족들은 환호성을 지르며 껑충껑충 뛰었다.
윤호의 승부욕과 열정에 놀람과 칭찬을 표하였다. 한동안 체육관은 함성과 감탄으로 가득하였다. 우리 팀 선생님들과 아이들은 윤호 덕에 이겼다며 윤호를 얼싸안으며 칭찬해 주었다.

이날 운동회에서 윤호는 MVP 상을 받았다.
사회자가 윤호에게 소감을 묻자, 윤호는 이렇게 말했다.

"너무 많이 차이가 난 상태에서 바통을 물려받자, 질 게 뻔하다는 생각이 들어 눈물이 날 거 같았어요. 그런데 엄마가 경기는 끝까

별의별 놀이터

지 해보아야 하는 거라고 미리 포기하지 말라고 했던 말이 생각났어요. 열심히만 달리자고 생각했는데, 중간쯤 달렸을 때 친구의 다리에 힘이 풀리는 게 보였어요. 그래서 이길 수 있다고 생각해서 더 힘을 냈어요. 정말 기뻐요. 헤헤!"

수상소감이 거의 올림픽 금메달이라도 딴 듯이 거창했다.
한껏 흥분된 마음을 있는 그대로 표현한 윤호의 수상소감에 강당에 모인 가족들은 큰 박수를 보내며 한바탕 또 웃었다.

윤호는 역전의 신화로 남아, 그 뒤로도 무려 한 달간 유치원 선생님들에게 칭찬의 인사를 받았다.

끝날 때까지는 끝난 게 아니다.

- 요기 베라 -

9회말 2아웃.
And.

일과 육아 사이의 딜레마

일명 '직장맘'이라면 누구나 한 번쯤 겪게 되는 고민들이 있다.
"나는 일을 제대로 하고 있는가? 아이들한테 너무 소홀한 건 아닌가? 두 마리의 토끼를 잡으려다가 오히려 다 놓치는 거 아닌가?"

출근하지 말고 같이 놀아 달라고 하는 아이의 애처로운 눈빛을 뒤로하고 일터로 향하며 눈물짓던 순간들이 직장맘에게는 한두 번쯤 있을 것이다.

나도 그랬다.
아이가 유치원에서 돌아오면 간식을 준비하고 반갑게 맞이하는 전업주부로서의 엄마이고픈 로망을 가진 적이 있었다.

나에게는 이 로망을 실현해 볼 기회가 있었다.
진호를 낳고 출산 휴가를 보내던 3개월 동안 나는 오롯이 아이들의 엄마가 되어 보고자 했다. 소미, 윤호 두 아이가 유치원 차에서 내릴 시간에 마중을 나가 기다리면, 아이들은 '엄마다!' 하며 좋아서 목소리가 리듬을 탔고, 나는 아이들을 두 팔 벌려 반겼다. 매일매일 다른 간식을 준비했다. 감자전, 딸기 쉐이크, 핫케이크, 찐 고구마 등등.

이렇게 보내다 보면 하루가 금방 갔다. 집에 있으면 여유가 더 많을 거라고 생각한 것에 비해서 하루 종일 집안일과 육아에 매달리다 보면, 오히려 책 한 장도 읽을 시간이 없었다. 전업주부로의 생활은 직장생활 못지않게 지치는 생활이었다.

그러다 보니, 저녁 시간 때 아이들과 책을 읽어 주고 놀아 주는 시간에 대한 소중함도 적어졌고, 성의도 떨어지게 된다는 것을 느꼈다. 같이 있는 시간은 직장생활을 할 때보다 길어졌지만, 시간의 활용에 있어서는 시간을 집중적으로 썼던 직장생활 때와는 비교될 만큼 희소가치가 떨어지고 있었다.

집에 있는 엄마가 되어 보니 이 또한 쉽지 않음을, 내가 가보지 못한 길에 대한 동경이었음을 깨달았다. 나는 지금도 전업주부인 엄마들이 부럽기도 하고 대단하다고도 생각한다. 전업맘으로 보낸 3개월의 시간을 통해 나는 직장 다니는 엄마들의 마음과 집에 있는 엄마들의 마음을 모두 이해하게 되었다. 그때 결심했다. 직장맘이라고 아이들에게 뭔가 부족한 게 아닐까 가슴 아파하지 말고, 자신감을 갖고 주어진 시간 동안 최선을 다하자고 말이다.

집에 있는 엄마에 대한 로망은 마치 〈체험 삶의 현장〉처럼 지나갔지만, 나에게 큰 깨달음의 과정이 되어 주었다.

엄마들이여, 모두모두 파이팅!

별의별 놀이터

퇴근길이자 출근길

직장에서 업무를 마치고 집에까지 오는 시간이 또 다른 직장으로 향하는 출근길이라는 기분이 들 때가 있다. 가정주부로서의 역할을 하기 위해 퇴근하면서 다시 힘을 내어 무장해야 하는 직장 맘.

회사에서 있었던 속상한 일, 풀리지 않는 복잡한 업무, 맥주 한 잔 하러 가자는 동료 직원들의 권유를 모두 뒤로한 채 씩씩하게 향하는 나의 퇴근길이자 출근길.

근무지는 삼남매가 기다리고 있는 집. 직장 맘은 분명 투 잡스다. 아이들의 웃음을 월급으로 받는 그곳, 우리 집.

팔 걷어붙이고 아자, 아자. 출근하자!!!
그래서인지 나는 오늘 사무실을 나서며 나도 모르게 이렇게 인사를 했다.

별이별 놀이터

"다녀오겠습니다! 꾸벅."

보통은, '내일 뵙겠습니다.'라든지 '수고하셨습니다.'라든지 '먼저 갑니다.'하고 인사하는데 이날 나의 입에서는 불쑥 이런 인사말이 튀어 나온 것이다.

직원들이 나의 이 인사말을 듣고 한바탕 웃으며 틀린 말은 아니라고 한다.

직장인이 깨어 있는 하루 중에 집에서보다 사무실에 더 오래 있으니, 따지고 보면 사무실에서 집을 향할 때가 다녀오는 게 맞는 셈이다.

용매와 용질의 차이처럼. 녹이는 것과 녹는 것의 차이는 양이 많고 적음으로 나눈다는 과학시간의 이론을 엉뚱하게 대입해 보며 나는 집에 간다. 다 · 니 · 러.

휴식과 안락함을 주는 집에서 가족과의 시간.
가족의 품에서 가정을 느낀다.

'가정'이라는 직장에서의 근무, 행복하네.

물질의 개벽 VS 정신의 개벽

놀이공원에서 한 아이가 아빠를 잃어버렸는지 울고 있었다.

"으앙— 아빠!"

"얘야, 왜 울어? 부모님은?"

"아빠가 없어졌어요. 으앙—"

"아줌마가 도와줄게. 아빠 전화번호 알아?"

그렇게 물으며 내 휴대폰을 꺼내 들었는데, 그 아이가 하는 말.
" 엉엉…… 으흐흑. 1번을 꾹 누르면 돼요."

 기계의 간편함으로 가족 찾기는
더 복잡해진…… 씁쓸함.

꾸욱~~ And .

별리별 놀이터

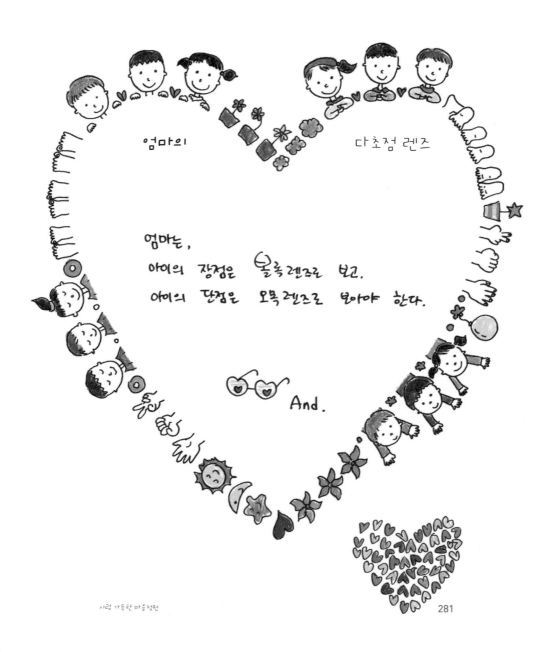

엄마의　　　　　　　　　　다초점 렌즈

엄마는,
아이의 장점은 볼록 렌즈로 보고,
아이의 단점은 오목 렌즈로 보아야 한다.

And.

이야기 하나 (개구리 두 마리)

책을 읽다가 마음에 와 닿는 이야기가 있어서 아이들에게 소개해
주었다.

"얘들아, 엄마가 오늘 읽은 책에 이런 이야기가 있더라. 들어봐.
어느 날 개구리 두 마리가 각각 다른 우유 통에 빠졌대. 한 마리
는 우유통의 깊이를 보니 아무리 수영을 하고 높이뛰기를 해도 빠
져나올 수 없겠다는 생각이 들었대. 그래서 실망하며 가만히 있었
어. 그리고 다른 한 마리 개구리는 빠져나오기 위해 무슨 방법이
없을까 궁리하며 계속 움직였다는 거야.
어떻게 되었을 거 같아? 어떤 개구리가 살아남았을까?

"계속 움직이던 개구리가 지쳐서 죽은 게 아닐까요?"

'역시 우리 엉뚱이들의 대답은 상상을 초월하는군! 내가 하고 싶은

별의별 놀이터

얘기는 그게 아니라고!'

"실망하고 가만히 있던 개구리는 우유에 빠져 죽었고 살아보려
고 계속 움직인 개구리는 살았대. 개구리가 우유 통 속에서 계속
움직이니까 우유가 치즈가 되었어. 그래서 개구리는 무사히 빠져
나올 수 있었다는 거야."

아이들이 이 우화를 통해 어려운 상황을 만나더라도 불평하며 앉
아 있지 말고, 희망을 가지고 열심히 노력하려는 마음을 가져보길
바란다.

'나의 아이들아, 울어도 좋고 실망해도 좋지만, 그런 것이 두려워
너희들이 가고자 하는 길을 포기해서는 안 된다. 단단히 뿌리를
내리고 자라나길 바란다.'

무슨 일이든 더 잘할 수 있는 길이
있으니 힘써 찾아보라. -에디슨-

정답도 오답도 없는 육아

육아의 정답을 찾아 헤매는 부모들,

아이들을 키우며 고민하고 또 아파하는 나를 비롯한

많은 부모들에게 말하고 싶다.

육아에는 정답이 없다. 그러니 오답도 없다.

지금 하고 있는 나의 육아를 믿어라.

그리고 즐겨라.

걱정하지 말고 두려워 말라.

잘하고 있다고 스스로에게 주문을 걸고

씩씩하게 나아가자.

사랑스러운 아이들을 생각하면서,

소중한 '나'의 존재를 떠올리면서,

다 같이 보듬고 행복한 오늘을 살아보자.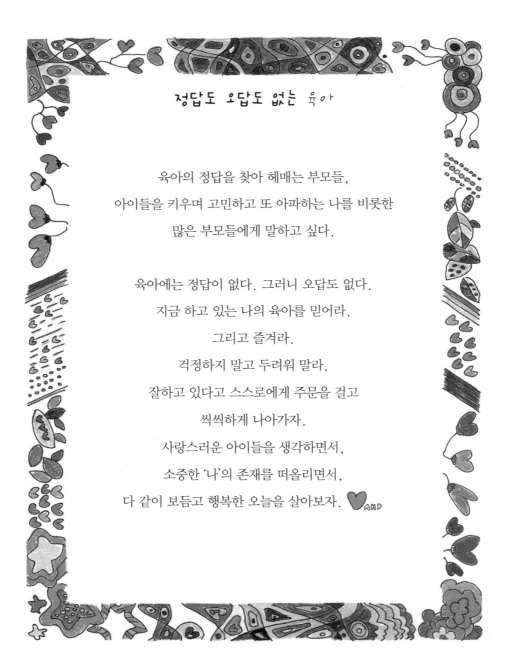

이야기 둘 (유머의 지혜)

"얘들아, 오늘도 책에서 재미있는 이야기를 발견했어. 들어봐."

미국 곳곳에서 흑인들의 인종 차별에 반대하는 인권운동이 활발히 벌어지고 있을 때였어. 어느 흑인이 남부 지역의 한 레스토랑에 식사를 하러 들어갔는데 백인 종업원이 와서 "we don't serve colored people." 이라고 한거야. 이 말은 무슨 뜻이냐면, '너는 유색 인종이니까 우리 식당에서는 먹을 자격이 없어. 나가!'라는 무례한 뜻을 담고 있어. 그런데 직역을 하면 '우리는 색깔이 있는 사람을 제공하지는 않습니다.'이거든. 이 흑인은 이 말을 직역하여 들은 척을 하고 말했어.

"아! 이 식당에는 '유색인종'이라는 메뉴가 없군요."라고 말하며 "괜찮습니다. 나는 유색인종을 먹지 않으니까요. 대신 프라이드치킨을 주십시오."라고 했대.

흑인의 재치 있는 답변에 어쩔 수 없었던 백인 종업원은 흑인이 주문한 치킨을 가지고 왔지. 그런데 건장한 백인 세 명이 흑인이 있는 테이블에 몰려왔어. "어디 그 치킨에 손만 대봐라. 네가 그 치킨에게 하는 대로 우리가 너를 손봐 줄 테니." 하며 치킨을 못 먹게 협박하는 거야.

너희들이라면 이 상황에서 어떻게 했을 거 같니?

그 흑인은 들고 있던 포크와 나이프를 내려놓고, 접시에 담긴 치킨을 들어 그 위에다 키스를 했대.

유머는 사랑만큼 중요한 자양분이 된다고 생각한다.
이 이야기는 삶에서 유머가 얼마나 중요한 것인지 보여 주고 있다.
아이들이 삶의 구석구석에 깨알 같이 숨어 있는 유머를 놓치지 않고 웃으면서 살아갈 수 있길 바란다. 그리고 많은 부모들이 육아에 지치지 말고 유머로 풀어 가기를 바란다.

★별의★**GAG** 삼남매

후익!

♪~♬

Let it be
~♪

 여러분 힘내요 ~
여러분 웃어요 ~~ ^^

사자와 소의 사랑 이야기

내가 좋아하는 우화 중에 〈사자와 소의 사랑 이야기〉라는 이야기가 있다. 아이들이 서로의 입장을 생각하지 않고 행동을 하여 다툼이 일어나면, 나는 종종 이 이야기를 들려준다.

사자와 소가 만나 사랑을 했다.
둘은 서로에게 무엇이든 다 해주고 싶었다. 소는 열심히 풀을 뜯어 사자에게 주었다. 사자는 맛이 없었지만 사랑하는 소가 준 풀이니 그냥 먹었다.
사자는 열심히 살코기를 구해서 소에게 주었다. 소는 살코기를 먹는 것이 괴로웠지만, 사랑하는 사자가 준 것이기에 그냥 먹었다.

사자와 소는 여전히 사랑을 했다.
사자는 여전히 소에게 살코기를 선물했고, 소는 사자에게 풀을 선물했다. 둘은 점점 살이 빠지고 생기를 잃어 갔다. 사자는 더 이상 풀

별의별 놀이터

을 먹을 수 없었다. 소는 더 이상 살코기를 입에 넣고 싶지 않았다.

사자와 소는 지쳐 갔다.
둘은 헤어지기로 했다.
헤어지면서 사자와 소는 서로에게 같은 말을 했다.

"나는 최선을 다했어."

상대방을 이해하지 못하고 하는 최선은 서로에게 상처가 될 수 있
다. 상대방이 진정으로 원하는 것이 무엇인지 바라보고 이해하며
상대가 행복할 수 있게 해 주는 것. 그게 진정한 사랑이 아닐까.

아이들과의 관계에서도 마찬가지라고 생각한다.
내가 원하는 방향과 방식을 아이에게 강요할 게 아니라, 아이가
진정으로 원하는 것이 무엇인지 귀 기울여 주는 것, 아이의 마음
을 이해해 주는 것, 그것이야말로 진정한 사랑일 것이다.

잠시, 이 책에 코를 대고 눈을 떠 보라.

그림의 형태가 보이는가?

보이지 않을 것이다.

이 책에서 10 미터 떨어져 보라.

글씨가 보이지 않을 것이다.

적정한 거리!

너무 가깝지도, 그렇다고 너무 멀지도 않은 거리.

아이의 눈동자 떨림이 보이고,

내 숨소리가 아이에게 전달될 수 있을 만큼의 거리.

부모와 아이 사이에도

황금 비율 같은 적정한 거리가 있다.

그 거리를 유지해야

내 아이를 잘 볼 수 있다.

집착과 소원함.

그 둘의 중간쯤 있는 게 '사랑' 아닐까.

너무 가까워지면
서로의 가시에 상처받게 되고,

너무 멀어지면
무관심에 아파하게 되는.

'고슴도치의 딜레마'
그 사이에 사랑을 놓자.

책을 펼치지 않으면,
책 안의 그림을 볼 수 없다.

책을 열었을 때
비로소 책을 이해할 수 있다.

내 마음을 닫으면,
아이들의 이야기가 보이지 않는다.

내 마음을 열었을 때 비로소 아이들의 생각을
이해할 수 있는 길도 열린다.

닫힌 마음을 여는 것,
그것이 '사랑'이다.

별이별 놀이터

적정한 거리에서 마음을 열고

아이들을 바라보라.

어느새 그들의 따뜻한 온기와 미소가

우리 곁을 훈훈하게 해줄 것이다.

마음 밭에 긍정의 씨앗을 심어라

드라마 작가로는 대가(大家)라고 할 수 있는 김수현 작가. 김수현 작가가 대본을 쓴 드라마들의 대사 속에는 인생의 깊은 이야기가 들어 있다. 그래서 나는 김수현 작가의 작품들을 볼 때면 주옥같은 대사에 늘 감탄하곤 한다.

김수현 작가의 작품 중 2011년에 방영되었던 〈천일의 약속〉이라는 드라마가 있다. 나는 이 드라마의 대사 속에서도 삶을 바라보는 그녀의 시선을 많이 엿볼 수 있었다.

그중 나에게 강한 인상을 남긴 부분이 있다.

극 중 여자 주인공 역을 맡은 수애는 고모 손에서 자랐다. 고모는 조카를 친자식처럼 키웠다. 어른이 되어 직장 생활을 하면서 자주 찾아오지도 않고, 연락도 안 하는 조카가 야속하기도 하고 미운 마음에, 고모는 조카에게 이렇게 말한다.

"이 흥할 것. 한 번씩 집에도 들르고, 전화도 좀 하지 그랬어?"

고모는 친자식처럼 키웠지만 그래도 부모 없이 눈치 보며 컸을까
봐 조카를 늘 안쓰럽게 생각한다. 고모는 착실하게 커 준 조카가
더 이상 마음고생 안 하고 잘되기를 바라는 마음으로 기도를 한
다. 그 고모의 마음이 '이 흥할 것'이라는 말 한마디에 모두 응축
되어 있는 게 아닐까. 한마디라도 부정적으로 하지 않고, 좋고 예
쁜 기운을 전하고픈 부모의 마음이 담긴 이 말.

'이 흥할 것.'

어쩌면 이 말은 슬픈 사랑 얘기를 소재로 한 드라마 속에서 큰 비
중을 차지하는 말은 아닐 것이다. 그래서 많은 사람들은 이런 대
사가 있었는지 기억을 못 할 수도 있다. 그런데 나에게는 이 말이
참 인상 깊었다.

많은 사람들이 화가 나면 '이 망할 것'이라는 말을 내뱉는다. 그것도 자신에겐 아주 소중한 사람을 향해서. 자신의 소중한 사람이 망하길 바라는 건 아닐 텐데도 말이다.

김수현 작가는 '이 흥할 것'이라는 대사에 이런 메시지를 담고 있는 게 아닐까.

'말이 씨가 된다'라는 속담처럼, 나의 입에서 나오는 '말의 씨'가 내 소중한 사람들의 마음에 들어가 뿌리를 내린다는 것을 명심하라.

나의 소중한 아이들의 마음 밭에 어떤 열매가 맺히길 바라는지, 그러기 위해서는 어떤 씨앗을 심어 주어야 하는지 생각해 보게 된다.

 우리들의 마음 밭에 긍정의 씨앗을 심는 연습을 하자. 좋은 말씨가 좋은 마음씨를 만들지 않겠는가.

별리별 놀이터

흥해라 흥뎡
And.

오늘 행복한 아이들

내가 아이들과 함께 하면서 기준으로 삼는 것이 있다. 그건 바로 '아이들은 행복해야 한다'는 것. 앞으로 커가면서 어느 순간 어떻게 처하게 될지 모르는 다양한 난관들을 아이들이 포기하지 않고 극복해 갈 수 있는 지혜와, 그 고난을 행복으로 승화시킬 수 있는 힘을 키워 주는 게 부모의 역할이 아닐까.

그리고 무엇보다도 아이들이 지금, 이 순간에 행복하길 바란다. '좋은 대학 가기 위해서'와 같은 종류의 타이틀을 걸고 현재의 행복을 담보하라고 하고 싶지 않다. 지금 하는 일을 즐길 줄 알고, 오늘 여기서 행복했으면 좋겠다. 행복한 '오늘'들이 모여 아이들의 과거가 되고 미래가 되기를.

우리의 미래는 아이들이다. 미래가, 아이들이, 행복하고 따뜻한 웃음이기를 바란다.

별의별 놀이터

과거에서 배우고 미래를 계획하자.

그러나 반드시 현재에 집중하자!

애들아, 카르페 디엠! Carpodica 그리고

별 의 별
놀 이 터

꿈은 이루어진다

이 책을 만들기 위해 준비하는 나를 보며, 나의 딸 소미는 묻는다.
"엄마, 지금 뭐하세요?"

 "응. 엄마는 엄마의 꿈을 이루기 위해 준비하고 있어."

소미는 의아하다는 듯이 나를 쳐다보며 말한다.
"엄마는 꿈을 이룰 나이가 아니라, 있었던 꿈도 접어야 하는 나이 아니에요?"

나는 소미의 말에 움찔했지만, 애써 태연한 척 대답했다.
"무슨 소리야? 엄마는 아직 40년도 안 살았어. 얼마든지 꿈을 이룰 수 있다고. 아직도 엄마는 하고 싶은 일이 얼마나 많은데. 나이가 들어도 진짜 하고 싶다면 도전할 수 있는 거라고 생각해. 소미야, 지켜봐 줘. 엄마는 꼭 해낼 거야. 너희들을 위해서 최선을 다해 본다고!"

이렇게 말하니 소미도 멋쩍었는지 씩 웃으며 다시 말을 건넨다.

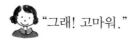 "엄마 꿈이 뭔데요? 엄마 말을 들으니 제가 생각이 짧았어요. 엄마! 꼭 꿈을 이루시길 응원할게요. 제 도움이 필요하면 언제든지 말씀하세요."

"그래! 고마워."

'이렇게 너의 이야기가 나의 책에 등장하게 될지는 몰랐지롱~?'

얼마 후, 소미에게 내가 무엇을 하고 있는지 말했다.

"소미야, 사실은 말이야. 너희들과 있었던 이야기를 책으로 담아 보려고 해. 엄마의 꿈은, 많은 사람들을 즐겁게 해주는 책을 만드는 거야. 그리고 많은 사람들에게 행복을 주는 이야기를 나누고 전파하고 싶어. 엄마는 매일 너희들이 늘어놓은 작품 같은 생활들을 집중 탐구하면서 일기장에 써 왔단다. 몰랐지? 그 이야기들을 모아서 책을 엮어 보려고 해. 소미도 도와줄 거지?"

그림 그리는 내 옆에서 색연필도 깎아 주고, 책 제목도 같이 고민해 주고, 미처 기록에 남기지 못했던 기억들까지 알려 주면서 책만들기에 동참해 준 나의 딸 소미야, 정말 고마워.

항상 나의 활력이 되어 주는 삼남매 소미, 윤호, 진호야, 사랑한다.
평범하지 않은 모습으로 나를 찾아와서 내 이야기 속 주인공이 되어 주어서 고마워.

그리고 일일이 다 나열할 수 없는 나의 소중한 인연들, 이 책을 만들기까지 도움을 주고, 마음으로 힘껏 응원하여 준 분들께 진심으로 감사의 마음을 전한다.

행복하세요.

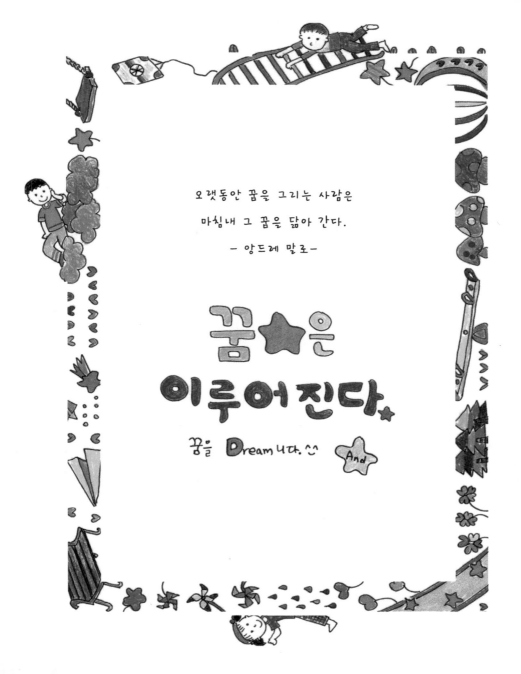

오랫동안 꿈을 그리는 사람은
마침내 그 꿈을 닮아 간다.
- 앙드레 말로-

꿈★은
이루어진다.

꿈을 Dream 나다. ^^   And

EPILOGUE

삼남매가 내 앞에서 꼬물꼬물 놀고 있다. 아무것도 아닌 일로 티격태격한다. 그러다가 또 아무것도 아닌 일에 꺄륵꺄륵 웃는다. 아이들은 어떻게 그런 생각을 했는지 나는 그 기발함에 놀라기도 한다. 아마도 외계에서 생활했던 습관이 아닌가 싶을 정도의 엉뚱함에 나는 웃기도, 울기도 한다. 삼남매가 만들어 가고 있는 이 모든 모습들이 소중하다.

아이들만의 시선으로 들려주는 많은 이야기들을 그냥 한순간으로 흘려보내는 것이 아쉬웠다. 만일 나에게 타임캡슐이 있다면 담아 놓고 싶었다. 아, 맞다! 일기장. 나의 어린 시절을 생생하게 엿보게 해준 초등학교 때 일기장처럼 아이들의 지금 이 순간들을 일기장에 담아 보기로 했다.

일기장 안에는 에너지 넘치는 삼남매를 감당하느라 힘들어서 헉헉 대는 나도 들어 있고, 사랑스러운 아이들의 모습에 웃음 짓는 나도 들어 있다. 누군가가 '이게 정답이야, 이렇게만 하면 돼!' 하며 길을 안내해 주면 좋겠다는 생각으로 고민하던 날들도 들어 있다. 내가 지금 잘하고 있는 건가, 혹시 너무 뒤처지는 건 아닐까 조바심을 내던 나도 들어 있다.

그러한 시간들 속에서 나는 깨달았다. 육아에는 정답이 없다는 것을, 그리고 오답도 없다는 것을. 아이들은 모두 다르고, 아이들마다 처한 상황이며 그에 대한 반응까지도 모두 다르다는 것을.

별의별 놀이터

나는 더 이상 불안해하지 않기로 했다. 나의 색깔에 자신을 갖고 아이들과 함께 한 시간들을 하나, 둘 일기장에 담았다. 그렇게 나의 일기장에는 아이들의 커가는 이야기와 함께 내 마음의 성장 스토리도 차곡차곡 쌓여 갔다.

어느 날, 후배에게 나의 일기장을 소개하며 그중 몇 개를 읽어 주었더니 이렇게 말을 하는 것이다.
"언니, 웃다 보니 일상에 지쳐 있던 피로가 싹 풀려요. 언니의 이야기를 책으로 엮어 보면 어떨까요? 언니가 삽화도 그리면 더 재미날 것 같아요."

후배의 이 제안을 듣는 순간, '책을 낸다는 거창한 일을 내가 할수 있을까?'라고 생각하면서도, 한편으론 아이들에게 좋은 선물이 될 수 있을 거라는 생각에 귀가 솔깃했다. 나는 일기장을 다시펼쳐 보았다. '아이들에게 이런 일도 있었구나!', '내가 이런 생각을 했었구나!' 하면서 방울방울 추억이 샘솟았다.

그래, 친구들과 수다 떨듯 아이들의 이야기를 책에 담아 보자. 그렇게 아이들의 마음이 오래도록 간직되기를 바라는 작은 소망으로 시작한 일이 두 권의 책이 되기에 이르렀다.

이젠 제법 큰 꿈을 갖고 책을 쓴다. 이 책이 어른들과 아이들이 함께 보며 서로의 추억을 얘기하는 매개체가 되었으면 하는 꿈. 어른들의 마음속에 웅크리고 있던 어린 마음들이 행복한 아이로 자리매김하는 데에 원동력이 되었으면 하는 꿈. 참 거창하고 야무진 꿈과 바람의 날개를 달아 이 책을 세상에 내놓는다.

이 책을 손에 든 이들의 얼굴에 잔잔한 미소가 번지길, 삼남매의 이야기를 통해 소소한 일상에도 감사와 웃음이 있음을 발견하는 하루하루가 되길 바라며,

이젠 여러분들의 손에 닿도록 힘껏 날려 본다.

2014년 가을, 마음정원(心園) 최현선